愛，又怎樣？

Love, so what?

狠狠傷過就會知道，
所謂愛情，到頭來不過是一場空，不必看得那麼重。

時尚愛情代言人
雪倫

不要問我為什麼不相信愛。

我會忍不住反問：愛是什麼？可以吃嗎？

愛沒有我們想的那麼偉大、那麼美好，說穿了，「愛」只是一道讓人吃不飽的甜點，對我來說，雞腿便當的重要性大於愛。

愛了，又怎樣？

砰、砰、砰。

「陳小姐！陳小姐！」房間門外傳來一陣陣叫喚聲，夾雜著敲門的聲音。但那不能算是敲門，嚴格說起來，這樣的力道比較像是揍門。如果我沒認錯，這是樓下警衛杜伯伯的聲音。

我拉起棉被，摀住耳朵，想要假裝不在家，假裝沒有聽到這一切。昨天我和朋友喝酒喝到凌晨三點多，回家還繼續看韓劇看到天亮，現在只想裝死，不想有任何反應。

「陳小姐，妳再不開門，我只好自己開門進去了喔！」然後，我聽到警衛拿出一串鑰匙叮叮噹噹的聲音。

再怎麼想裝死，面對外敵即將入侵，我也只能無奈地坐起身，先嘆了好大一口氣，才認命地下床開門去。

「哈囉，杜伯伯。」我睡眼惺忪地開了門，即使心裡有多麼不爽，都只能假笑著打招呼。

我的好朋友吳小碧最常稱讚我的就是「陳欣怡妳根本是假人、道具」，我個人倒是從不否認，在這個虛僞的世界，本來就要戴著面具生活才安全。

警衛杜伯伯一看到我，無奈地搖了搖頭，「陳小姐，住戶在抱怨妳的手機響了一個早上都沒有停。」接著小聲說：「隔壁王媽媽很生氣，下來跟我說了好幾次。她兒子要準備考學測，整個上午都沒辦法好好念書……」邊說邊往我右邊那一戶人家的門看過去，露出很爲難的眼神。

我馬上笑著道歉，「不好意思，杜伯伯，我睡得太熟了，完全沒聽到手機鈴聲，眞的很抱歉喔！我馬上調成震動。」

「那就麻煩妳了。」

「不要這樣說啦！都是我太大意了，忘了自己睡著就跟昏迷一樣，怎麼都叫不醒，眞的很抱歉，害你被罵了。對了！等我一下。」我跑進房間，拿了幾包忘了是誰送的餅乾，遞給杜伯伯，「杜伯伯，這個送你，讓你泡茶時配著吃。」

警衛杜伯伯搔著頭，不好意思地說：「唉唷！每次都送我這些，這樣怎麼好意思啊！」

「你那麼辛苦，這又不算什麼，我才不好意思，又讓你跑上來一趟。」

「好啦好啦，謝謝妳啦！我得下去了，記得如果要繼續睡的話，手機要調成震動，我們這種舊大樓，隔音設備本來就不夠好。」杜伯伯接過我的餅乾，叮嚀著我。

我微笑，點了點頭，「好！杜伯伯謝謝你，再見。」

房門關上那一刻，我的笑容馬上不見。睡到正爽的時候被吵醒，是一件令人非常生氣的事。看了一下時鐘，才下午兩點多。我原本打算睡到晚上才起床的！

很不爽地走到床頭拿起手機，螢幕顯示有三十六通未接來電。

是哪個神經病這樣打電話的啊？

不到三秒，那個神經病又打來了，顯示來電者是吳小碧。這女人真的很煩，不會去騷擾她男朋友嗎？

「幹麼啦？」我很不耐煩地接起來。在她面前，是我唯一不需要戴面具的時候。

「妳幹麼都不接電話，還在呼吸嗎？我真的會被妳氣死，租書店打電話來說妳租一套漫畫過期一個月了啦！妳幹麼不拿去還啊？不對，妳幹麼不用妳自己的帳號租書啊？每次都要用我的，妳自己不是有帳號嗎？」

我也想用自己的帳號啊，只是那帳號早在八百年前被租書店阿姨列入黑名單了。

「我的帳號能用的話，幹麼用妳的？我也是逼不得已的啊！」

「妳還有臉裝可憐！租書店阿姨一直打電話來催我耶。我跟妳說，妳今天一定要拿去還！」吳小碧吱吱喳喳的聲音吵得我腦缺氧。

「好啦。」我淡淡地回答。

她突然又在電話那頭失控，「好妳個頭，每一次說好，至少又要拖一個星期。罰的那些錢都差不多夠買書了。妳很有錢是不是？」

如果認眞算，我戶頭裡是有不少錢。

「我最近連上一個月的班，現在是週年慶檔期妳又不是不知道，我自己一個人都快要忙死了，好不容易今天休假，妳讓我多睡一點不可以嗎？」

「可以，當然可以，妳現在馬上把漫畫拿去還，事情辦完，看妳要睡多久我完全不會有意見！」

「好啦好啦好啦！我今天一定會拿去還，我再去瞇一下下喔！拜！」

「喂！陳欣怡、陳欣……」吳小碧還沒叫完我的名字，我已經掛掉電話，拔掉電池，再度鑽進棉被開始睡第二輪。

我已經熬夜了，再沒睡飽，我這三十歲的臉龐馬上會多兩條皺紋。

再次睡醒，已經是晚上八點半。坐在床上，扭一扭痠痛的脖子，這次的教訓提醒了我，大睡之前無論如何都一定要關手機，以免睡到一半被吵醒。

跳下床，三步併兩步地走到浴室，戴上髮帶，再用大夾子把頭髮夾起來，拿著牙刷擠上牙膏，然後走出來拿起電視搖控器，邊刷牙邊轉著電視頻道，找找有趣的節目打發時間。

但還眞的沒什麼有趣的節目。

洗完臉，從冰箱倒了杯豆漿放進微波爐。睡前不一定要喝酒，但起床我一定要喝豆漿，不要問我爲什麼，就是喜歡，就是習慣，

喝著豆漿，我把丟在一旁的手機電池插回去，打開手機，做好心理準備我可能會接到無數封吳小碧罵我不要臉、很賤的簡訊。果不其然，一封又一封的簡訊看得我猛笑，她罵人最惡毒的用詞，大概就是「你很賤」這類的吧！

喝完豆漿，我帶著笑容回撥電話給她。

電話一接通，我都還沒開口，吳小碧就說：「妳很賤耶！居然還給我關機，妳可以再無恥一點，我眞的會被妳氣死，人家租書店就說今天一定要去還，很多人等著要租，我好心提醒妳，妳還給我掛電話，妳是有沒有良心？」

說眞的，如果不是擔心吳小碧的聲帶會破損，我眞的很樂意聽她罵我，這大概是現在唯一能讓我覺得溫暖的聲音吧！

「唉唷，我忙到快累死了，好不容易休假，讓我多睡一點嘛，我等一下就會拿去還了啊！」我一邊打哈欠一邊回答著。

「妳少在那邊跟我講那些有的沒的，妳今天再不拿去還，下次我去高雄就直接去漫畫店取消我的帳號，妳以後都別想租了。」

這句話我不知道聽了幾百萬遍，可是還得假裝很害怕，「好啦好啦，等一下一定會拿去還。對了，妳在台中住得還習慣嗎？」吳小碧自從和譚宇勝交往，就跟著他東奔西跑。他調回台北穩定軍心解救百貨業績，她就成了他專屬的代班救火員，現在台中要加開一個營業點，她又夫唱婦隨地一起到台中打拚。

我常消遣她是有沒有這麼愛？目前看起來，是有的。

吳小碧和我一樣，我們都不喜歡交朋友。不一樣的是，她是不懂得打好人際關係的竅門，我則是厭倦戴著面具和人互動。之前她還在高雄和我一起上班的時候，是我最自在的日子。

「還不就那樣，有班就上，沒班就在家看書準備考試啊！」她的語氣非常無奈。譚宇勝說要結婚，沒想到吳小碧她哥超絕，不要聘金就算了，什麼都不要，唯一的條件就是要吳小碧把大學念完。只要考上學校，就可以先訂婚，一畢業就馬上結婚，嫁妝再多送一部車子。

「誰叫妳愛打賭？活該！認眞一點啦！去年沒有考上，今年要是再沒考上，可以叫譚宇勝直接找個新女友，不然要娶到妳可能下輩子了。」我笑著說。

「妳這個人真的很壞耶！難怪現在還嫁不出去。」又來了，真的很愛說我嫁不出去。

「是我不想嫁好嗎？再見。」懶得理她，我掛掉電話，她肯定又在電話那頭說陳欣怡妳好賤。

是我不想嫁，是我看透了所謂的「愛」就是那麼一回事，大家努力追求的，已經是我不想要的東西了，愛是什麼？可以吃嗎？

站起身，整理好床邊的漫畫，裝進袋子，準備等一下出去覓食時順便拿去還。我懶歸懶，該做的事還是會做的。

我住的地方是這層樓最小的一個單位，一進門右側是浴室，左側是一坪大小的廚房，再來就是房間和一個小陽台。原本買這間套房的屋主嫁到美國去，她兒子都念小學一年級了，但我從八年前承租到現在，這間房間裡，來來去去也只有我一個人。我的房東曾經問我要不要乾脆買下這間套房，她可以讓我分期付款。但我拒絕了，我需要的不是一間房子，而是一種自在，我不想再被什麼牽絆住。於是我就這樣付了連續八年的房租，今年是第九年。

我的房間很簡單,一張床、一台電視、一台筆記型電腦、一個衣櫃、一張星球椅,這就是我的世界,我自己一個人的世界,就連吳小碧都沒有來過我的房間。我想要一個完全屬於我自己的地方,不用因爲看到什麼東西就會想到某個人,不用因爲聞到什麼味道就想起某段片刻,那是我最不想擁有的負擔。

人一輩子承載的回憶愈少,會活得愈輕鬆。

叮鈴鈴!手機傳來 What's App 收到新訊息的鈴聲。

我回過神拿起手機,看見酒友寶寶傳來的訊息,「十點小葉約喝酒,老地方見。」

看著手機上的文字,發呆了十秒鐘後,我回傳了「OK」,接著起身,準備出門喝酒囉!

出門時,在門口遇到隔壁王太太出來丟垃圾,她不悅地看著我。我想,今天吳小碧的奪命連環 call 眞的吵到她兒子念書了。

我馬上揚起燦爛的笑容,走到她面前打招呼,「王太太,不好意思,最近工作太累了,沒有注意,下次我要睡覺前一定會把手機關掉的。」

「嗯。」她面無表情地哼了一聲。

我從包包裡拿出一些贈品，是這次百貨公司週年慶送的，各式各樣美容保養品的試用包，「對了，這是這次檔期同事送我的，她們說效果很不錯，王太太妳也幫忙試用看看，有什麼心得再跟我說。」

她半推半就地收下，「謝謝妳！每次都收妳的東西，怎麼好意思？」我在心裡OS：這句話我聽八年了，有哪一次是不好意思的？

我笑著說：「唉唷！大家好鄰居啊！我吵到你們才不好意思！」

王太太拍拍我的手，親切地說：「沒有啦！小孩子嘛，不想念書就有一堆藉口啊！連我在家裡走動的腳步聲他都嫌吵。妳現在要出門嗎？」

我點了點頭，「對啊，要拿書去還，順便去買東西吃。」

「好，趕快去，女孩子家一個人住在外面，要多注意安全喔！」王太太對我露出慈母的眼神，嚇得我說聲「好」之後，就馬上衝去按電梯。

我趕在租書店打烊前先去還了漫畫，當然免不了被老闆唸一下，但老闆做生意嘛，也是伸手不打笑臉人的，反正什麼事我都笑著說聲對不起就沒錯啦！被這個社會教育了這麼多年，如果連這點戲也演不出來，我不就白混了？

「欣怡啊！真的要小碧出馬才能看到妳耶，下次再那麼晚還書，我連小碧的帳號都要取消囉！」租書店阿姨恐嚇我。

「阿姨，別這樣啦！我最近眞的太忙了，好不容易今天才休假耶。剛剛經過果汁店，我特地買了一杯木瓜牛奶來給妳喝，妳就大人有大量，不要跟我這種小孩子計較啦！」我馬上端出剛榨好的木瓜牛奶，連吸管都插好，遞到阿姨嘴邊。我的樣子，說有多諂媚就有多諂媚。

「妳喔！怎麼知道我剛好口渴。」阿姨接了過去，心滿意足地喝起來。

「因爲我們有默契啊，認識這麼多年了。」阿姨可是從我年輕時就看著我長大，一直到我現在老大不小了，她三個女兒也都嫁了。

「人家小碧都找到男朋友了，妳什麼時候才要交一個啊？」阿姨就是這樣，以前常用這個問題攻擊我和吳小碧，現在吳小碧不在高雄了，目標只剩下我。我常常這樣被攻擊，都快要體無完膚了。

「要啦要啦！我現在就是要去交男朋友啊！阿姨我先走囉！有新書再幫我留一下，我過兩天再來拿喔！」再度用最快的速度飄走，攔了計程車往老地方去。

一走進老地方，馬上先開瓶啤酒解渴。

「啊妳是有多渴啦？」寶寶看著我，搖搖頭說。

我停了一口氣回答，「超渴！」然後又繼續喝，喝完之後才有解脫的感覺。

剛把空啤酒瓶放在桌上，小葉和芊卉也到了。小葉坐到我旁邊拉著我，一臉很急地說：「陳欣怡，妳知道我剛剛看到什麼嗎？」

「看到鬼？」我回答著。

小葉用她的手狠狠打了我的背一下，「妳是不知道我最怕那種喔？講屁啊！」

被這麼一打，我剛剛喝下去的那瓶啤酒都快吐出來了，可見她的手勁有多大！

她不理會我有多想吐，自顧自地說：「妳記不記得上一次來搭訕妳的那個男生？就是阿凱的朋友的高中同學啊，他不是要追妳嗎？你們上次喝完酒，不是兩個人還去續攤嗎？」

她這麼一說，好像有一點印象。

「然後呢？」我問。

「我剛剛看到他跟一個女生在附近的便利商店摟摟抱抱，我馬上打電話問阿凱，他說那個人跟女朋友復合了耶。」

「所以呢？」其實我真的聽不太懂小葉想要表達什麼。

「還問我『所以呢』？妳都不會生氣喔？他有女朋友還來泡夜店，還來跟妳搭訕！

妳不覺得這樣失身很不值得嗎？」小葉整個氣結。

我忍不住笑了一下，一般人腦海裡可能有橡皮擦，但我的腦子裡有一瓶立可白，那些該稱爲短暫的過去或是短暫的紀錄，凡是過去了，我的立可白就會用很優雅的角度，緩緩地抹掉那一切。

因爲沒認眞過，也就沒有認眞記住的必要。

所以吳小碧幫我取了一個非常適合我的稱號，「立可白魔女」。要走到這個境界，是需要經過許多修煉的。

我只能說，這幾年來我功力大增。

我拿了寶寶的威士忌嚐一口，很冷靜地說明，「我先說，我沒有失身，OK？我愛喝酒不代表我愛失身好嗎？還有，我只是續攤時不小心點了一瓶三萬塊的酒，然後不小心喝太多吐在他車上，下車時高跟鞋不小心踢到他的車門。後來我打電話給他，想要賠他錢，他連我電話都不接了。」

芊卉在一旁大笑，「靠，難怪他要跟女朋友復合，遇到妳這種的，誰不會被嚇死？我看是連夜店都不敢再踏進一步了！」

「是不是？」我附和著芊卉的話，「妳們說我有沒有很善良？如果這些愛泡夜店愛花心的劈腿男沒有遇見我，他們怎麼會知道自己身旁的那位女人有多麼善解人意體貼溫柔？」

泡夜店泡了好幾年，再怎麼樣爛的男人都看過。通常愛泡夜店的男人分成三種，一種是沒女友沒老婆，很愛玩的，一種是有女友有老婆還是要玩的，另一種就是無時無刻想玩的。換句話說，愛泡夜店的男生，十個當中有八個是浪蕩子，另外兩個是即將變成浪蕩子。

但要先聲明的是，我自己也不是什麼善類，在這名爲愛情的遊戲裡來來去去，早就麻痺了愛的知覺。

和我在同一個空間的這些人要怎麼墮落，又或者想追求一段什麼關係，我一點都不在乎，那和我沒有關係。

我站起身，「好了，明天還要上班，我要回去睡覺了。」

「拜託，才十二點半耶，妳現在走也太早了吧，今天明明就休假睡了一整天，等一下還想去喝第二攤耶。」寶寶不可置信地看著我。

「改天吧！走囉！」我揮了揮手，拿起包包，沒有眷戀地離開。

喝了一堆酒，肚子卻餓得一直叫。在等鹽酥雞炸好的時間中，我也問自己，這種生活我還能過多久？

為什麼人不能決定自己要活到什麼時候？我覺得這輩子我該做的、想做的都做完了，就不能提早上天堂嗎？一定要等自己老了、病了、出意外了，生命才能結束嗎？我不是輕生，也不是厭世，只是覺得這輩子我已經夠了。

可是照吳小碧的說法，我這種禍害會活很久。她常說她唯一的朋友就是我，但沒想到我是個壞朋友。她的酒量是我訓練出來的，她的白目是我培養出來的，可是我要說，她的單純也是我守護而來的。她是我唯一認同的朋友，又或者，我該說其實我本來就沒什麼朋友。

雖然休假睡了一整天，但不知道為什麼，我吃完消夜後又迷迷糊糊地睡著了。再次醒來，已經早上九點了。好吧，吳小碧說得對，我眞的是豬轉世。

不疾不徐地梳洗整裝，化上淡妝，騎著我的二手白色摩托車準備上班去。對於我的工作，我沒有什麼想法，就只是賺錢。出社會第一份工作就是專櫃銷售，一開始是賣男性西裝，賣了三年，業績不好不壞。後來遇到公司人事縮減，從原本的兩人輪班，改成一個人站櫃。我自己一個人吃飽就全家飽，另一個配班的小姐還有兩個兒子要養，所以我就自己先辭職了。

接下來第二份工作是賣設計款的手錶，公司待遇很不錯，月休八天，但我通常一個月只休三、四天，不是別的原因，只因爲我休假也沒有地方去。我喜歡站專櫃賣東西，可以和客人同事保持一定的距離，我覺得這讓我的生活比較能夠自由呼吸。

唯一的例外，就是吳小碧了。

自從吳小碧離開高雄，沒有她的百貨商場變得好平靜，平靜到我三不五時就要去廁所走動一下，以免自己睡著。尤其是週年慶過後，整間百貨公司安靜到連針掉在地上都可以聽見。

才想再去廁所偷睡一下的時候，櫃上電話響了。我接了起來，是總公司倉庫管理少強打來的，「欣怡姊，妳在忙嗎？」

「沒有，閒到快睡著了。」我說。

「要跟妳調 GT-3696 藍色和 GK-39658 白色各一支，下午阿榮會過去拿。」少強最愛找我調貨，大概是我最不會爲難他吧！很多專櫃小姐都愛佔著貨，就怕自己的東西比別人少，會影響業績。我這個人反正一向就是有什麼就賣什麼，囤了再多貨，也要賣得掉才行啊。

「ＯＫ！」我爽快答應。

「欣怡姊，惠如姊出車禍，妳聽說了嗎？」我覺得少強來電的主要目的根本不是調貨，是來八卦的。

「沒有耶，她還好嗎？」惠如和我同時期進公司，跟我不一樣，公司給我訂多少業績我就賣多少，不會達不到目標，也不會多賣，但她十分積極努力，所以她升職成了中區督導，到台中開疆闢土，我還是在小櫃點裡賣手錶。不過我個人非常滿意，我實在沒有什麼企圖心。

「老闆一大早就去看她了，聽說有粉碎性骨折，要休養一、兩個月才會好。」

「這麼嚴重喔？」那個工作狂，一、兩個月不工作可能會要了她的命。

「反正喝酒還開車的人眞的生兒子沒屁眼啦！」少強生氣地說。

還好我沒打算生小孩，啊，不是，是還好我從來不酒後開車。再和少強聊些總公司的八卦，哪個櫃點的業績差，哪個櫃點的業績好，會計阿蓮姊怎麼折磨新來的工讀生妹妹，少強沒有少讓我知道任何一件事，我們兩個的革命情感，都是建立在這些三姑六婆的事情上。

「現在中區需要再找一個代理督導，我猜會是妳耶，欣怡姊。」少強說出他很不吉利的猜測。

我趕緊反駁，「呸呸呸！你現在是在詛咒我嗎？我舒舒服服的日子不過，幹麼讓自己去受虐待？我只想待在這個小櫃點，過平靜的日子。」

「欣怡姊姊，妳是在跟我開玩笑嗎？台中的兩個櫃點都才剛起步，而且還有一個新櫃點在籌備中，公司裡就妳和惠如姊最資深了啊！難道要叫新來半年的琪琪去當代理督導嗎？」

「我不想聽，再見！還有，這星期別再來跟我調貨了，都、沒、貨！」瞪著掛掉的電話，我頭皮發麻起來。還記得三年前，我是那樣拚死拚活，無論如何都不想升職為南區督導。為了這件事，我不知道撒了多少謊，連患有先天性暫時失憶症這種爛理由都用出來了。

可惡！臭少強，害我一整天的好心情都被破壞了。

轉過身準備去洗手間，就被站在櫃位前一聲不響的老闆狠狠嚇了一跳。要不是正在上班，我真的會放聲尖叫。

「老闆！你有多想害我心臟病發啊？」再多嚇我一點，我真的會馬上膀胱無力就地解決。

老闆一臉慘白，模樣疲倦地站在原地，有氣無力地說：「欣怡，幫我。」

不管老闆要我幫他什麼忙，我都只能說：「我可能沒辦法幫你耶，我現在有點忙。週年慶剛結束，得趕快盤點庫存數量，而且下個月又有新的活動要做，還必須去和樓管討論案子。」

「欣怡，就一個月，一個月就好，台中的櫃點才剛開始，一定要有一個比較資深的人在那裡打點。SOGO 和三越目前都進入狀況了，但是宇勝他們百貨公司有一個設計館的新企畫正要起步，我下星期又要去日本開會，再這樣操勞下去，妳就會失去一個年輕有爲的老闆了。」老闆的演技完全到位，只差兩滴眼淚我就會心軟說「好」了。

然而，爲了我無慾無求風平浪靜的平民生活，我努力打發老闆，「再讓我考慮一下。去台中那麼遠，還去一個月這麼久，我需要時間想清楚。」想清楚可以找什麼藉口來狠狠拒絕這件事。

「欣——怡——欣怡、欣怡、欣怡欣怡欣怡欣怡！欣欣欣欣怡怡怡怡！」老闆狂喊我的名字，不知道的人肯定會誤以爲他要向我告白。

「我明天跟你說啦！你先回公司。高雄台中兩頭跑，應該很累了吧！」所以就不要再浪費精力轟炸我了吧！

「欣怡，妳放心，一個月後，妳還是可以回來這個點上班，底薪我幫妳調升五千，年假再多一星期，我不會虧待妳的。」老闆很認眞在說，但我一點都不在乎我可以加薪多少，反正賺多就多花一點，賺少就少花一點，人的生活本來就彈性無限大。

我假笑地點了點頭，「好，我明天跟你說。」

「我等妳好消息！」他對我豎起大拇指比了個讚之後離開。只可惜不是 facebook，沒辦法取消他的讚。

就這樣，一整天我對櫃上客人的詢問心不在焉，腦袋裡想的，都是要用什麼理由逃避這一切。愈希望時間走慢一點，它偏偏跑得愈快，怎麼覺得老闆才剛來騷擾我沒多久，馬上就要下班了。

拖著沉重的腳步，等著打卡時，打開 What's App，傳訊息問酒友要不要出來喝一杯。結果大家都跟我說昨天晚上喝太多，今天要休戰。

可惡，昨天沒喝到掛眞的是我錯了。

走到停車場牽我的二手摩托車，被一旁傳來的聲音嚇到，我的膀胱差點又把持不住了。不是我膽子小，是現在的人也太愛裝神弄鬼了吧！

「陳欣怡……」陰森森的語調，嚇得我準備騎車撞人。

我忍不住大吼，「你誰啊？」

出聲音叫我的那個人從停車場角落走出來，我看著，停頓兩秒後，我馬上衝過去朝那個人頭上呼一巴掌，「吳小碧！我差點就要因爲妳去看泌尿科了，想嚇死人喔妳？沒事在這裡幹麼啦？」

吳小碧一臉委屈地看著我，她都還沒開口，我就知道她要講什麼了。「和譚宇勝吵架了喔？」我問。

她點了點頭。

「什麼時候分手？」我繼續問。

接下來，就是吳小碧一連串難以入耳問候我全家的話，不過我聽得滿開心的，這也表示，雖然吵架了，但還不到分手的地步，因爲吳小碧還罵得出髒話。

反正她每次和譚宇勝吵架就會來高雄找我，好像我這裡是她娘家一樣。一開始，譚宇勝還會馬上衝來高雄找她，交往久了，他很聰明地會先處理好公事再來接吳小碧。

他說，吳小碧需要一個可以發洩的管道。我只能說，因爲吳小碧，我很不幸地變成通樂。

我拉著吳小碧到附近的海產店，炒了幾個菜，拿了幾瓶啤酒。我開始吃東西，她開始罵譚宇勝。「妳不覺得他很過分嗎？我就不喜歡念書啊，現在又跟我哥這樣聯手一定要我把大學念完。沒念完大學我還不是過得很好？爲什麼我一定要念完大學才能結婚？不然我乾脆找一個不會逼我的人在一起好了。」吳小碧拿起啤酒就拚命灌。

我看著她，忍不住搖了搖頭，「難啦！妳活了二十幾年，好不容易遇到一個譚宇勝，如果分手了，妳可能要再花二十幾年，才有辦法找到第二個人，像譚宇勝這樣善良又品味獨特。」

吳小碧生氣地拍掉我手上的烤雞翅，「陳欣怡，妳很賤耶。」

我再度撿起桌上的雞翅，邊吃邊說：「我說的是眞的啊！妳以爲每個男人都像譚宇勝那樣有慧根，懂得欣賞什麼才是眞正的女人嗎？」

「這是在稱讚我嗎？」吳小碧眼神突然亮了。

「不，我是在稱讚譚宇勝。」一說完，我的雞翅又跑到桌上去了。

我氣得朝吳小碧大吼，「妳講話就講話，可以不可以不要動手動腳的？讓我專心吃完它會怎樣？」我又撿起雞翅，苦口婆心地對她說：「而且說眞的，妳哥和譚宇勝也是爲妳好，他們唸妳是關心妳，就像我現在唸妳也是關心妳，意思一樣啊！」更何況，就算我希望有人唸我，還不一定有人想唸我呢。

「我知道是爲我好，但是也要考慮一下我的能力啊！我看到書就頭痛，就很不開心啊！」我長這麼大，第一次遇到可以整天看小說漫畫卻不愛念書的人，就是吳小碧了。

「反正妳就擺爛嘛！我敢保證，等妳三十歲的時候，妳哥會二話不說把妳嫁出去，哪管妳要不要念書。」怕妳嫁不出去都來不及了，才不會管妳那麼多。

「我怕來不及等到三十歲，我就先被那堆書壓死了。」

我忍不住啐了一聲，「是有沒有那麼誇張？」

吳小碧點頭點到脖子快斷了，然後感嘆，「唉，好懷念在高雄的日子。」

「妳這是在間接表示妳很想我嗎？」終於解決完那隻烤雞翅，灌下一口啤酒，我的身心靈都滿足了。

「眞羨慕妳，什麼煩惱都沒有，只要擔心有沒有酒喝，有沒有夜店可以泡。」吳小碧的羨慕怎麼聽起來這麼刺耳。

我馬上反駁，「我也有煩惱的好嗎？我現在煩惱要怎麼拒絕老闆安排我去台中支援的事，妳覺得我如果用懷孕這個理由，老闆會不會斷了念頭？」

「妳懷孕了？知道小孩的爸爸是誰嗎？」她居然跟我認眞了起來。

我很不客氣地用手捏了她豐軟的臉頰，「我愛玩不代表我隨便好嗎？」

「好啦好啦，很痛耶！陳欣怡，妳就來台中工作嘛。一直在高雄不膩喔？而且才一個月啊。」吳小碧試圖說服我。我怎麼會忘了，她也在台中，有多希望拉我去作伴。

「很膩啊！但是我個人就喜歡膩。」這種安心的自在比什麼都重要。

吳小碧很不屑地說：「妳眞的是不知長進！」

「啊妳現在是多看了幾本書，屁股就翹得跟一〇一一樣高了喔？」

「反正我就當妳答應了！」她很果斷地自己下了定論。

「不要。」我繼續抵抗。

我們互相看著對方，十秒後，吳小碧突然出聲音，「好，不要說我沒給妳機會，一切交給上天安排。隨便打一通電話，如果接電話的人是男生，那妳就去台中，如果接電話的是女生，那妳就留在高雄。」

這什麼跟什麼啊？我有說要她給我機會嗎？我還是老話一句，「不要！我幹麼跟妳賭這個？」

她突然大吼，「陳欣怡，拿出妳喝酒的氣魄好嗎？難道妳的果斷只用在喝酒嗎？我認識的陳欣怡什麼時候這麼沒種了？」

可惡，以為激將法對我有用嗎？有，我中計了。「誰沒種了？來啊！」

於是，吳小碧選前面五個號碼，我選後面五個號碼。電話撥出去的那一剎那，我的後悔衝到最高點。我為什麼要這麼容易被激到？說我什麼都可以，就是不能說我沒種！

吳小碧按下擴音，對方的來電答鈴是Super Junior的〈Sorry Sorry〉。我心中大喜，會用這種答鈴音樂的，多半是追逐偶像的青春少女吧！

沒想到，接通時卻傳來一道低沉的嗓音，帶著大哥氣魄的一聲，「喂！」

吳小碧開心地跳起來，接著說：「喂，是山貓叔嗎？」

對方回答，「不是，我是阿狗，妳打錯了喔！」

掛斷電話後，吳小碧笑到蹲在一旁，笑聲大到店裡的人都在看她了。我丟臉到笑不出來，更準確地說，我是後悔到笑不出來。

於是當天午夜，吳小碧心情很好地和譚宇勝回台中去。接著，我花了整整兩天的時間交接櫃上的工作，帶著簡單的行李，拿著老闆給我的台中宿舍地址，帶著萬分的不願坐上客運。當車子開上高速公路時，我忽然覺得呼吸困難。

我有多久沒離開過高雄了？

我不想去細算，因為那是在強迫自己回想那段我極力遺忘的過去。這幾年來，我努力讓自己活在安全的範圍內，一步也不曾踏出自己畫出來的圈圈。人就是這樣，爲了保護自己，就會爲自己訂出一套安全的生活模式，不去碰觸那些我們不想碰的東西，不去遇見那些我們曾經的遇見。

我用了那一套方式生活了好幾年，現在，面對未知的生活，我緊張到手心冒汗，不安地睜著雙眼，一直到台中前都沒有放鬆過。

到了宿舍，關上房間門的那一刻，我虛脫地坐在地上，然後眼睛一閉，就這樣沉沉地睡去。再次醒來，已經是隔天早上十點多了。在地板睡了一整夜，我全身痠痛。

但我還是用最快的速度，把生活用品和衣物歸位。宿舍比我在高雄住的地方還要簡單，空間也小了一些。不過，因爲是新的大樓，所以即使房間很小，感覺還是很舒適。在我用力刷廁所地板時，手機響了。

我脫下手套，接起電話，「幹麼？」

「哈哈哈哈哈哈哈，妳起床了喔？有沒有缺什麼東西？我可以陪妳去買喔！中午也可以陪妳吃飯喔！有我陪感覺很不賴吧！」吳小碧的聲音，讓我聽得整個怒火攻心。

「妳少在那邊做作。」我沒好氣地回答。

「譚宇勝說，爲了慶祝妳來台中，晚上要請妳吃飯啦！」

「這有什麼好慶祝的？」我只想快點結束，回去我熟悉的地方好好過日子就好。

「當然有啊，哈哈哈，反正就這樣啦！晚上我們過去接妳。」不知道吳小碧心情在好個什麼勁。

我真的怕還沒讓譚宇勝請到客，我就先失控把吳小碧掐死。「不用了，妳再傳地址和時間給我，我自己過去就好。」

懶得聽她廢話，我馬上掛掉電話，繼續整理房間，然後拿出在高雄買的台中市地圖，把公司三個櫃點的所在地做了記號，再稍微研究一下附近的地理環境，我就換上衣服出門了。

老闆說公司會補助交通費，所以我很不客氣地決定，在台中生活的這一個月，都要善用計程車這種貼心又方便的服務。

先去買了雞精和花，搭車到台中醫院去看惠如。她比我想像的還要嚴重，目前幾乎沒有辦法下床，右手也打了石膏。她一臉憤怒，不甘心地看著我，又不是我酒後駕車撞她的，怎麼感覺好像是我害的一樣。

坐在她床邊，我們兩個一句話都沒有說。好吧，我可以體會她的心情，在她事業高峰時發生了這種事，她會擔心工作被我搶走也是正常的，我可以原諒她對我的白眼和不理睬。

但我也是眞心希望她快點復原，最好明天就好了。當然這是不可能的事，我清了清喉嚨說：「我只是代理妳的工作，等妳身體復原，我就會回高雄了。」

她一臉狐疑地轉頭看我，表情就是在說「最好妳講的是眞的」。

我被她的眼神激到，但又必須控制自己的情緒。我假笑著對她說：「妳放心啦！如果很怕我搶了妳的工作，那妳就快點復原啊！努力調養身體。」心裡忍不住吼了一句：妳給我弄清楚，以爲我愛來喔？

「妳好好休息，有時間我再來看妳。」我很親切地和她道再見。雖然我知道，接下來就算我有時間，也不會再來這裡自己找冷屁股貼了。

人要識相，不要認爲付出的眞心人家都會感激。眞正該在乎的，是那些也在乎自己的人。這個道理，幾年前我才明白。

搭著電梯到了一樓，準備離開醫院時，手機突然響了。從外套裡拿出電話，不到兩秒的時間，我就被人撞到，因爲沒有握緊手裡的電話，手機呈拋物線飛了出去。

正在等待一句對不起時，卻沒有人理我。

我不太爽地撿起我的手機，看到它完好如初。眞意外它這麼耐摔，讓我失去了一個免費換新手機的機會。轉過頭看著肇事的一男一女，兩人正忘情地在我眼前打情罵俏。

「Joyce，我真的很忙，最近多了很多新的工作，請妳以後不要再用生病這種藉口騙我出來，這種感覺真的不是很舒服。」男生的語氣雖然很不好，看得出來還是極力地保持一點禮貌。

女生勾著男生的手，楚楚可憐梨花帶淚地說：「我是真的生病，自從和你分手之後，我就得了相思病。我當初不應該那麼任性的，我會改，我們再重新來過一次好不好？」

我的天啊，我以為相思病這三個字只會用在言情小說裡。都什麼年代了，這三個字也好意思講出口？我只能說這女生浪、漫。

男生掙脫被她勾著的那隻手，很無奈地說：「都過去了。當初分手也是我們兩個人都同意的，妳現在這樣子，真的讓我很困擾。」

看著手機上顯示時間才下午五點半，距離晚上和小碧約定吃飯的時間還早，我默默走到一旁垃圾桶邊的位置坐下，準備看戲，很好奇這場戰爭誰會贏。

我從包包裡拿出下午出門時在便利商店買的草莓夾心餅乾，邊吃邊欣賞著。

在百貨公司，情侶吵架幾乎是每天都會上演的戲碼，不要說為了買東西吵架，就連看一下東西都有可能鬧分手。最扯的，我甚至還聽過有人說：「你要買手錶的話，我就跟你分手。」

這種時候，我站在一旁尷尬透了，好像都是我的錯。逛街就好好逛街嘛，要吵架要分手不會回家說嗎？

眼前，女生突然抱住那個男生，繼續哭著說：「難道你都不會想我嗎？分手只是氣話，我一點都不想跟你分手，你不知道我有多愛你嗎？」

所以說喔，情侶吵架時，有些話是再怎麼樣都不能亂講的。

接著，我的位置旁坐了一個拉著點滴架的病人，是一位六十幾歲的老婦人，她也跟我一起欣賞著眼前這一幕。我很大方地和她分享我的草莓餅乾，大嬸邊吃餅乾邊說：「這如果是我女兒啊，我一定打斷她的腿。」

接著，女生的臉湊上前去，強吻了那個男生。男生推開了她，兩個人很狼狽地看著彼此。看見這一幕，我忍不住附和老婆婆，「這如果是我女兒啊，她一出生我就會先掐死她了。」

我和老婆婆對看了一眼，很有默契地搖了搖頭。

男生好像眞的火大了，對女生說：「請妳朋友來接妳回去吧！我還有工作，要先走了。」接著,頭也不回地離開。

只留下那個漂亮女生啜泣的背影,和我自己下的字幕:The End。

其實我是羨慕情侶可以吵架、可以當面說分手的,而不是在什麼都搞不清楚的時候,對方就這樣消失,怎麼也找不到人、問不到消息,好像那些在一起的回憶和片段就只是個夢,一個怎麼也醒不過來的惡夢。

我搖了搖頭,不想再去想到那些。把沒吃完的餅乾送給老婆婆後,我走到那個女生旁邊,很好心地遞了面紙給她。如果可以,我很樂意順便送她一瓶立可白。

我用力地深呼吸一口氣,出走醫院門口,什麼都不要再想。

到了熱炒店,吳小碧和譚宇勝已經在餐廳裡等我了。我走了進去,吳小碧陽光般的笑容使我感到刺眼。

「有這麼好笑嗎?」我忍不住找吳小碧出氣。

「不是好笑,我是開心!我們好久沒有三個人一起吃飯了,至少有兩個月了吧。上次一起吃飯,是我們去高雄找妳玩的時候,妳不覺得重逢很值得喜悅嗎?」吳小碧很少女地說。

我搖了搖頭,不想附和她。

「欣怡，所以我們公司那個設計館的案子，你們品牌的部分接下來換妳處理囉？」

譚宇勝幫我倒了杯啤酒。

我點點頭，「目前是這樣，我明天會過去看一下櫃位裝潢的進度。所以那一層樓都是設計相關的商品嗎？」

譚宇勝點了點頭，「設計商品是現在的賣點，如果台中這個展場做得好，北部跟南部也會跟進，我對我找的廠商都很有信心。」當然啊！我老闆可是你學弟耶。

我不得不說，來台中最快樂的，就是可以和他們一起吃飯聊天。我本來就是沒有什麼朋友的人，酒友也就那幾個，可以這樣和朋友聚在一起的感覺真的很好。看著譚宇勝對吳小碧疼愛有加，我內心居然有一種媽媽嫁女兒的心情。

但不孝女突然直呼我的名諱，「陳欣怡！譚宇勝他們部門新來一個組長，跟妳一樣老，人還滿不錯的。雖然我覺得介紹給妳認識有點對不起人家，但誰叫我們是朋友。」

聽聽看！這是什麼話？能入耳嗎？

「不必，妳自己多積點陰德就好。」我很不客氣地回答。

「喂，妳再這樣泡夜店下去，真的會嫁不出去。」

我忍不住又伸手捏住她豐嫩的臉頰，「我是要說幾百次，不是我嫁不出去，是我不要嫁好嗎？」

譚宇勝對這一切見怪不怪，他趁我們還在吵架時，又追加了一手啤酒，結果吳小碧不知道是不是太久沒有被我訓練，沒喝幾瓶，就已經趴在桌上睡著了。

然後還給我打呼！

我受不了地看著譚宇勝，「你先送她回去好了，睡成這樣，連服務生都在笑了。」我沒有說謊，那個坐在櫃檯裡的收銀員一直朝這裡指指點點，還笑得很開心。

「那妳呢？不一起走嗎？」譚宇勝問。

「不了，還有好幾瓶酒，這也是錢買的，我慢慢喝完，再自己坐計程車回去。」酒那麼貴，不喝完多浪費。

譚宇勝皺了一下眉頭，「妳確定？」

我聳了聳肩，「你看我喝醉過嗎？」

他笑了笑，「好吧！上計程車後傳訊息或是打電話給我都可以。一定要小心，這裡畢竟不是妳熟悉的高雄。」

我感激地點了點頭，這個世界上沒有幾個人會關心我了。

於是，原本鬧哄哄的聚會，頓時只剩下我一個人。說真的，這種失落的感覺，比自己一個人喝酒還難受。

我正想趕進度想把酒喝完，有一個男人突然坐到我對面，假裝笑得很誠懇地對我說：「妳朋友都走了嗎？自己一個人喝不無聊？」

「還好。」我淡淡地說，不是很想理會他。

「但我還滿無聊的，一起喝吧！」他拿啤酒瓶輕輕敲了我的杯子一下。

我眞的很想跟這些愛搭訕的男人說，搭訕最忌諱的就是耍帥，偏偏十個有八個都犯這種錯，另外兩個就是自以爲幽默的人。

算了，有聲音總比沒聲音好。

他自己一個人聊起他的工作、興趣，我幾乎沒有回答他，但他自顧自地講得很開心。看到他自言自語這麼久，我突然很想知道，現在這個時間，有多少人和他一樣，情緒需要一個宣洩的出口，而又有幾個人可以和他一樣幸運，遇到我這種有耐心的聽眾。

說完了不順的工作，接下來他抱怨的是女人的難搞。眞的很想叫他搞清楚，現在在聽你發牢騷的也是個女人。

「你現在抱怨的，不會是你女朋友吧？」我難得開口。

他頓了一下，接著說：「很快就會變成前女友了。早就想跟她分手了，我眞的受不了那種小家子氣的女人。男人喝個酒又怎麼樣了？只是跟朋友去喝酒，她就要耍脾氣。」

我笑了一下，「不要只是說說而已喔！」看他的樣子，就是只出一張嘴的人。

「如果知道今天會認識妳，我早就跟她分了。」他一副肉麻當有趣的語氣，手還伸過來碰了我的手一下，噁心。

「現在分還來得及喔！」我說。

「再陪我多喝兩杯，我馬上休了她。」他笑著坐過來我旁邊，摟著我的肩，自以爲風流地說。是把我當酒家女了嗎？

我笑了笑，順勢從他襯衫口袋中拿出他的手機遞到他面前，「現在打電話，我想看你怎麼休了女朋友。」

他笑著把手機拿回去，「這種事情我自己來解決就好啦！」

我再次伸手拿過手機，「還是我幫你？談分手這種事，我還滿擅長的。」然後我作勢要滑開他的螢幕，他緊張得又想從我手裡把手機拿走，我手一縮，沒有讓他拿到。

我繼續嚇他，指頭在手機螢幕上滑來滑去，「我猜……以你女朋友這麼小家子氣的個性，一定會要求你在手機輸入寶貝或是甜心之類的稱呼吧！」

好像被我猜中一樣，他愈來愈緊張，伸手就想要搶。那嚇壞的表情說有多好笑就有多好笑，會怕還出來玩，還學人家搭訕？

結果，狗急了還眞的跳牆。他用力地拉我過去，搶走我手上的手機。因爲反作用力的關係，我整個人失去重心向後摔，跌坐在地上。這一摔，連子宮都移位了。還好我沒打算生小孩。

我正在痛的時候，有人把我扶了起來。都還來不及謝謝好心人，屁股的痛讓我氣得只想先好好教訓那個想偷吃又不敢擦嘴的傢伙。我走向前去，再一次搶了他的手機，然後往地上丟。

「砰」一聲，他的 iphone 4S 螢幕成了蜘蛛網狀。看到他手機的慘樣，他走到我面前，居然還想伸出手打我。

看到他那種惱羞成怒的表情，我忍不住教訓他，「喝個酒也要跟女人搭訕，你以爲女人都是下酒菜嗎？不知道怎麼玩，就乖乖在家陪女朋友！」

他氣得結巴，想罵我也不知道從哪裡開始罵，撿起手機，留下幾句髒話就走了。男人千萬不要覺得自己很會玩，夜路走多了總是會遇到鬼。雖然很不想承認我就是那隻鬼。

我深呼吸一口氣，準備轉過頭向扶我起來的人說聲謝謝。我陳欣怡的個性，是接受了人家的好意一定要感謝一下的。

我回頭，很有誠意地笑著說：「謝謝。」

然後我看到站在我面前的一對男女，男生面熟到我一下子就認出來，是下午在醫院被我看好戲的男主角，他旁邊站了一個女生，正勾著他的手。雖然不是下午那個女生，但同樣長得很漂亮，長頭髮、白皮膚、鵝蛋臉、大眼睛，重點是，她們都比我高了少說有十公分。

女友一個換過一個，下午才剛甩掉一個女人，晚上就跟另一個女人出來吃飯的男人，看來絕對不是什麼善類。長得也不是特別帥，要說有什麼吸引人的，大概就是他有一種特別的氣質吧！

他看著我，帶著斯文的微笑說：「還好嗎？」

發現是他不是什麼好人之後，我笑容裡的誠意早就不知道去哪裡了，只敷衍地回應，「很好，謝謝。」

我摸著我發疼的屁股，走回座位上拿了包包，走出熱炒店。

這種酒後的爭執，我已經習慣得不能再習慣了。夜店泡久，對於這種事早就麻痺到不行。反正在夜店遇到的人，隔天就算從我旁邊經過，我也不會記得誰是誰。這就是現實，再怎麼酒酣耳熱，酒醒了，不過就是個陌生人。

說得再實際一點，愛情也同理可證，不愛了，比陌生人還陌生。

攔了台計程車，上車後，我忍不住回頭看了一眼，那個非善類正站在門口。我們對了一下眼神，然後我又笑得很敷衍地對他揮揮手。

再見，陌生人。

一天之中，有多少人從我身邊穿梭？有幾個人肯爲我停留？我又肯爲誰駐足？我們只不過是一條又一條的直線，和生命中的過客平行，只在地球旋轉時，偶然和某些線段交錯。當我們爲了那些美麗的交集歡呼時，不要忘了，那個人或許也和另一條直線的交叉而過。

我在某個曾經交錯的人身上學到，人生永遠不要高興得太早。

才剛回到宿舍關上門，電話就響了。

「幹麼？妳酒退了喔！」太久沒有跟我出來混，酒量才會變這麼差。

吳小碧在電話那頭很不好意思地笑了笑，「唉唷，妳到家了嗎？我太久沒有喝了嘛！而且我也喝很多啊！」

「妳才喝不到半個小時就醉了，最好能喝很多。」實在是欠人吐槽。

她繼續乾笑，「好啦！為了彌補我今天太早陣亡沒陪到妳，我明天請妳吃麻辣鍋，鼎王！我請妳吃鼎王！」

講得好像鼎王是什麼稀世珍寶一樣，「妳以為高雄沒有鼎王嗎？誰不知道是妳自己想吃，譚宇勝又不愛吃辣，難得有我陪妳，妳才逮到機會去吃。」

「哈哈哈哈哈哈，很久沒有人陪我好好吃辣了。」有沒有這麼可憐？

懶得理她裝可憐，我只叫她要記得多帶一點錢，然後就把電話掛掉了。來台中的第一天，雖然不是非常滿意，但也算過得精彩萬分了。

沒想到那一摔，讓我隔天早上連起床都有問題，每走一步都覺得我的骨盆要散了，連上計程車都是司機下來扶我的。司機先生還很善良地問：「小姐，妳怎麼不用拐杖？」

要是知道我今天會行動這麼困難，我昨天就先去買個八十支回來預備了。上工的第一天，居然這麼舉步維艱，本來打算早上先巡兩個櫃點，中午再過去看設計館的進度，但行動太過緩慢，我只在 SOGO 盤點完，就直接到譚宇勝的百貨公司了。

一整個早上都沒有吃東西，只買了杯豆漿喝，以致於我現在餓得可以吃下三碗牛肉麵、五份咖哩飯。但我還是只點了一碗拉麵，還遇到了剛好也來美食街覓食的譚宇勝。

「欣怡，妳來啦！」他開心地向我打招呼。

我行動緩慢地端著拉麵，對他點了點頭。

「妳還好嗎？走路怎麼這樣？」他接過我手上的拉麵，幫我找了一個最近的位置。

我慢慢坐下，笑笑地對他說：「婦女病。」我不想去解釋昨天晚上是怎麼被推倒在地上的。

他善解人意地點點頭，接著去點了一個套餐，坐在我對面，「晚上要跟小碧去吃麻辣鍋嗎？」

「嗯，你不去嗎？」我問。

他笑了笑，「晚上木工要來施工，我得盯緊一點。」

「你明明就是行銷部經理，怎麼都在做樓管的事？」我忍不住問。

「設計館剛開始，我還是親力親爲一點比較好。」他回答著，不知道吳小碧上輩修了多少福氣，才能認識我和譚宇勝。

譚宇勝的手機突然響了。他接起來，「您好，顧先生，我在美食街吃飯，還是我待會上去？是嗎？好……那我在地下一樓一番館的前面，ＯＫ！」

譚宇勝掛掉電話，抬頭對我說：「顧先生也是設計館的廠商之一，他們公司原本是爲一些政商名流做珠寶設計訂製，現在要開發年輕族群客戶，所以發展了一個副牌，打算先和我們的設計館配合。妳看過櫃位配置圖了嗎？你們家右手邊那一櫃就是他們。」

我點了點頭，對別人家的奮鬥史我沒有什麼興趣，唯一值得我注意的，就是「未來的鄰居」這件事，想做生意，敦親睦鄰可是重頭戲，等等還是和鄰居培養一下感情吧！

譚宇勝突然站了起來，對著走到我後頭的人笑著說：「顧先生，吃過飯了嗎？」那位先生走向譚宇勝，拍了拍他的肩，「坐，我吃過了。」接著坐在譚宇勝旁邊，繼續說：「不好意思，打擾你吃飯的時間。因爲我待會還有事，趁著過來看進度的時間，想問一下設計館刊物的資料需不需要再補充？」

「沒關係，目前提供的資料都夠，之後每個月的廠商專訪才會需要追加資料。對了，跟你介紹一下，這位是陳欣怡小姐，是你們隔壁手錶櫃位的代理督導。」

譚宇勝和那位顧先生的眼神突然落在我身上，我一口拉麵吸到一半，不知道是要咬斷，還是奮不顧身吸進嘴裡。尷尬了三秒，我還是用力地把這一口麵吸完，然後抬起頭，用手遮著鼓起的嘴巴，不好意思地朝對方點了點頭。

這一個照面，我心裡嚇了一跳，眼前這個人眉毛也皺了一下。

天底下的巧合要不要發生得這麼頻繁？是昨天連續遇到兩次的男人。要不是我不會抽菸，當下眞的很想來一根，呑雲吐霧感嘆人生一下。

「陳小姐，妳好，好像有點面熟？我是顧宷誠。」他伸出手，禮貌地和我打招呼。

我趕緊呑下口中的麵條，帶著職業笑容回應，「顧先生，你好，我是大眾風格，大眾名字還有大眾臉。」

他挑了挑眉笑著說：「昨天我吃飯時，遇到一個和人打架的女生，妳和那個女生長得好像。」

譚宇勝轉過頭來，表情就是在詢問我，妳昨天跟人打架了嗎？頓時之間，我眞的覺得我平常要再多做點好事，讓大家明白其實我是個好人。

我不喜歡他的眉毛！應該說是不喜歡他挑眉的那股自信。我不甘示弱，但還是帶著笑容回應，「是嗎？我昨天下午在醫院碰到一個甩掉女朋友的負心漢，也正好和顧先生長得很像。」

他被我的話攻擊到，頓了頓，馬上恢復鎮定，笑著說：「陳小姐講話好有意思。」是嗎？我講的話大多都沒內涵，還是第一次有人說我說話有意思。

我笑得十分燦爛地回答，「謝謝稱讚。」

譚宇勝的電話突然又響了。他看了我們一眼，我知道他在擔心我們會不會趁他講電話時打架或翻桌，畢竟這股氣氛的確很不尋常。

我用眼神示意他接，然後我繼續吃拉麵。

他接起電話，「是！好，我馬上過去。」接著對著我們兩個說：「不好意思，你們先聊一下，我回辦公室處理一些合約的事。」三秒內就不見了。

我和顧采誠對看了一眼，我職業病地對他假笑，兩側嘴角各仰起四十五度。

「妳都笑得這麼假嗎？」他輕笑了一聲。

既然他明白人要說明白話，我只好也不客氣地回答，「那要看對方是誰。」再度奉上假笑。

他笑了笑，「妳反應好快喔！」

「過獎！」我喝下一口湯。

他坐在我斜對面，抱著胸，好整以暇地看我。接著又提出問題，「所以，昨天妳看到我兩次囉！」

「還好今天你沒有再帶另一個女朋友來。」女人的額度都被你用完了，叫那些宅男要怎麼辦？

他笑了笑，「那都是過去了。」

嘖嘖嘖，眞的很想叫那些女人眼睛要擦亮，妳再怎麼愛，對別人來說都是過去了，愛用錯對象就會變得如此廉價。

我聳了聳肩，不想表示什麼意見，依然揚著職業笑容，「吃飽了，我先走了，再見，顧先生。」站起身，忍著尾椎的疼痛，盡量把每一步都走得正常。

我對「過去」兩個字敏感。

拿著譚宇勝給我的識別證，我從員工電梯上到五樓，五樓設計館的部分目前都還在裝修。

這整層樓都是以設計爲主題，風格多變，色彩鮮豔。走到公司的櫃位，現在已經先拉了分隔線，並做著簡單的標示，這次公司的櫃位空間挺大的，跟高雄我那個小櫃位比起來至少大了三倍，可見老闆眞的很在乎這個櫃點。

看到施工的師傅正在拉電線，我微笑著對他們打招呼，「辛苦了。」然後關心一下目前的進度，師傅向我抱怨老闆畫的設計圖難度很高，施工困難就算了，老闆還一直要殺價。我只能先安慰師傅，說我回高雄會找人揍老闆，此外也沒有別的辦法了。

師傅們開心地繼續工作，我則是巡視一下附近的狀況，然後看到隔壁標示的櫃名「Prue」，頭皮麻了一下，因爲我的中文名字大眾到比大眾銀行還大眾，所以取英文名字時，我查了兩個星期才決定用 Prue 這個名字，代表獨立、冷靜，到現在還沒遇過跟我用同樣英文名字的人。

沒想到就這樣和顧采誠他們公司的品牌撞名。

我陳欣怡的人生眞的很容易跟別人撞到，還整個撞慘。我疼痛的骨盆就可以證明這一切。

不再去想這個撞名的巧合，轉過身，正好看到公司運來的幾個展示櫃上粘了好幾個口香糖，上面還有檳榔汁的痕跡。這些搬運工人會不會整個太隨興了？只好去向清潔阿姨借抹布和水桶，打算先處理一下這些髒污。

我緩慢地蹲下，骨盆的刺痛讓我忍不住倒吸一口氣。水電師傅看到我的動作，開玩笑地問我，「陳小姐，妳還好嗎？是懷孕了嗎？」

「沒有啦，是要生了。」我回答，師傅們一個比一個笑得開心。

先擦掉檳榔汁，再來就是處理麻煩的口香糖。這時我聽見隔壁有人在跟水電師傅講話的聲音，我從櫃子後稍微傾了身子，看到顧采誠和水電師傅在討論事情。然後我慢慢地移回來，少打交道爲妙。

沒想到我處理得正起勁時，顧采誠突然走進我們櫃位，還一直往展示櫃後面走來。我們彼此都驚訝地看了對方一眼，他疑惑我怎麼在這裡，我是不知道他走進來這裡要幹麼。

他先開口說了一句，「借我躲一下。」接著走到我後面。

我沒有回答，傾身往外看了看，好奇他是在躲誰，結果看到一個女生站在他們櫃位前東張西望。這個女生比昨天那兩個都更漂亮、更有氣質，感覺她不像是會喜歡顧采誠這種人的女生，沒想到還是栽在他手上。

唉，眞想來根菸。

「你晚上睡得著嗎？」我忍不住問。

他好奇地看著我，「什麼意思？」

「傷了這麼多女人的心，你良心過意得去嗎？」我回過身，抬起頭看他。

結果他一聽完就開始笑，但我一點都不覺得我講的這句話哪裡好笑。

在他笑得不可開支時，我從展示櫃後方走出來，一手拿著清潔液、一手拿著抹布，走到那個漂亮女生面前。她這麼美，以她的條件，絕對可以找到更好的人。

忍不住開口想勸勸她。「妳要找顧采誠嗎？」

她微笑地對我點點頭，「對，請問妳是？」

我嘆了長長一口氣，「小姐，妳看起來是個聰明人啊！不要再迷戀顧采誠這種男人了，那樣只會讓自己受傷的。他換女朋友跟翻書一樣快，我從第一次看見他到現在不到二十四小時，妳已經是第三個受騙的女生了，別和自己過不去。」

她一臉疑惑，好像我講的是外星語一樣。看她這樣執迷不悟，我把手上的抹布和清潔液放在一旁，拉著她的手，再一次苦口婆心地勸著，「同樣是女人，我眞的不忍心看妳繼續這樣下去，離開他吧！妳値得更好的。挑男人，什麼條件都可以不要，最重要的是眞誠。顧采誠可能什麼條件都有，但最缺乏的就是忠誠啊！這種男人要不得啊！」

她繼續看著我，似乎想說些什麼反駁。我還沒等她開口，已經把她拉到展示櫃後面，讓她看看，她尋尋覓覓的男人居然是這樣躲著她。

顧采誠被我的舉動嚇到，本來想轉頭就跑，結果被我旁邊的漂亮女人抓住。她很凶地對他說：「你再躲啊！就跟你說不要再叫子維當你的擋箭牌了。你分手的女人自己處理好不好？干我男朋友麼事？」

啊？現在是什麼局面？

顧采誠臉色慌張地說：「我沒有啊！是剛好和子維在一起時遇到的嘛！」

「我最後一次警告你，離我男朋友遠一點，不要帶壞他，不然我就叫老爸多開幾個副牌給你發展，反正你太閒只會把妹嘛！」我覺得長得漂亮真的很吃香，連生氣罵人的樣子都很漂亮。

「顧采雅，妳眞的很下流，我都被妳害到年假被取消了，妳還要怎樣？妳怎麼可以干涉男人交朋友的權利？」顧采誠生氣地回嘴。

「我從不干涉我男朋友要跟誰交朋友，就你不行。」

「喂，妳對自己哥哥這樣講話對嗎？妳有沒有尊重過我？」

自己的哥哥？原來這個女生是顧采誠的妹妹啊！

她冷靜地回答，「那也要看這個人値不値得尊重。」

這麼精闢的答案，實在令人很難不拍手叫好。我鼓掌了起來，「說得好啊！」顧采誠難看的表情比鄉土劇還要精采。

漂亮女生突然轉過身來，微笑看著我，「妳好，我叫顧采雅，很開心認識妳。沒想到，除了我，還有人可以把我哥看得這麼透澈，妳眞棒！」

我揚起了笑容，「我叫陳欣怡，很高興認識妳，知道妳不是受害者，我開心得想哭。」我沒有演戲，我是發自內心的。

「喂，妳們兩個夠了沒？我還活著好嗎？」顧衆誠不悅地開口。

顧衆雅沒有理他，遞了一張她的名片給我，「希望有機會可以跟妳多聊一點，我現在得趕回去公司開會了。」

我接過名片，開心地和她道再見，再繼續剛剛未完成的清潔工作，完全視顧衆誠爲無物。

他走到我旁邊，倔強的臉帶著一點點不服氣，「欸陳欣怡，我沒有那麼壞好嗎？」

看到他突然這麼認眞，我嚇了一跳。嚴格說起來，我們認識的時間也不過一天，他有必要向我說明他的人格特質，或是交代祖宗十八代嗎？

我連職業笑容都懶得給他，「不然你覺得自己很好嗎？」說完，我把食指和中指伸到嘴邊，假裝抽著菸看透一切一樣。

「女生做這個動作很不好看。」他搖了搖頭。

我淡淡地回了一句，「喔。」然後再做一次。

他看著，皺了一下眉頭，「陳欣怡，我覺得妳對我有偏見，妳不能只看了表面的事，就擅自決定我是什麼樣的人，那我是不是也可以說和男生喝酒還吵架的女人很隨便？」

「我是挺隨便的啊！不然怎麼會站在這裡跟你講這麼久？」我把隨便當隨和，我這個人就是這樣善解人意。

「妳都不能讓我解釋一下嗎？分手之後她們還要這樣我有什麼辦法？我也很困擾啊！我也很想找一個穩定的對象，我也想結婚生小孩，可是每次在一起沒多久，愛情就變了一個樣子嘛。」他一臉無奈。

現在是要跟我掏心掏肺講心事就是了？可是我眞的沒有什麼興趣知道他有多想結婚、多想生小孩，因爲我和結婚生小孩這幾件事是絕緣體。

「你爲什麼要跟我說這些？我對你的婚姻觀、感情觀還是人生經歷，眞的沒有多大興趣了解。」

他停頓了一下，臉上也帶著一點疑惑，接著說：「我也不知道我爲什麼要跟妳說這些，誰叫妳好像一副很懂我的樣子，好像什麼事妳都知道一樣，可是眞的不是妳想的那樣啊！」

我如果沒有會錯意，這個人現在是不想善罷干休嗎？

「好啦好啦！不是我想的那樣，是你講的那樣，可以了嗎？」我走回展示櫃後面繼續處理口香糖。

他不是很高興地跟在我後面，「妳不要這麼敷衍我好不好？我顧釆誠是交過很多女朋友，但我自認對得起每一段感情。」

「喔！」可惡，這口香糖是什麼牌子的？也太難清了吧！我再度使出吃奶的力氣，想把這惱人的口香糖刮起來。

結果他突然在我身後大吼，「欸陳欣怡，妳根本沒有在聽我講話啊！」

「有啊。」我淡淡回答，快被這口香糖氣死了。

靜默了一分鐘，我以爲顧釆誠放棄向我說明了，沒想到我默默轉過頭，他老兄居然還站在我後面，氣呼呼的樣子。他以爲他十八歲喔？還在耍小孩子脾氣。

「你幹麼一直站在這裡，我老闆付錢請你來監督我嗎？」我眞的覺得他是一個很妙的人，他大可不必在意我的想法，我怎麼想他很重要嗎？我們又不熟。

他沒有說話，小家子氣地搶過我手上的抹布和清潔液，開始幫我清理展示櫃的口香糖。看起來像是連拖把都不會用的人，居然穿著高級西裝，把口香糖一個一個刮了起來，動作熟練到令我咋舌。

我忍不住說：「你練過啊？」

「當學生的時候，在學校偷抽菸被教官抓到，就被罰清口香糖。」他邊清邊說。

看在他幫忙的分上，只好給他一點糖吃，「其實你清口香糖的樣子，看起來會是個好爸爸。」

他開心地回過頭，給我一個大大的笑容，閃亮到我都快瞎了，「我一定是好爸爸的啊！一男一女剛剛好。」

我真的覺得以兩個人只認識一天的交情來看，聊這種話題整個奇妙到不行。

幸好電話鈴聲解救了我，我實在不想去討論幾個小孩剛剛好的話題。從包包裡拿出手機，「喂？是，這樣子啊，那我現在過去好了。好，待會見。」SOGO店的員工說早上盤點的庫存有一些問題，要我過去和她核對一下。

看到顧采誠繼續認真地刮口香糖，我拍了拍他的肩，「是，你會是，這些口香糖就麻煩你這個好爸爸了。」我拿了包包，轉身離開。

「欸陳欣怡，妳要走了嗎？陳欣怡！」他在我背後喊著。

我繼續往前走，抬起手對他隨便揮了兩下，接著撥電話給吳小碧。今天沒辦法去吃麻辣鍋了，被她逃過一劫，但我沒有忘記提醒她，出來混，早晚都是要還的。

只是我自己沒有想到，都過了一個星期，這頓麻辣鍋還要不回來。吳小碧接了一個七天的特賣會檔期，每天只會打電話來跟我抱怨她累得跟狗一樣，我恐嚇她，如果真的沒有還我一頓麻辣鍋，她就是一隻狗。

在台中的生活，規律到我全身酒蟲都在癢。每天早上巡櫃點，下午就到設計館忙新櫃點的事。晚上八點下班，自己一個人買晚餐回宿舍吃，然後再看電視看到睡著。

我想念我的酒友、想念我常泡的店，想念自由自在喝酒亂說話的生活，我好想回高雄喔！

看看面前等著我清點的八箱貨，我忍不住嘆了一口氣。

「怎麼了？」顧采誠在隔壁櫃位，桌上放著一杯星巴克，手裡拿著 ipad 在那裡打電動。

看他愜意的模樣，我實在很忌妒，「你怎麼那麼閒啊？每天都看你拿那台 ipad 在打電動。」

「工作要有效率，做完事情當然就可以玩啊！」他的手指繼續在螢幕上滑來滑去。懶得理他，我繼續拆箱點貨。說眞的，我很懷疑他有沒有在工作，每天下午我到這裡時，他就已經在滑那台 ipad，滑累了就東晃西晃，經常跑來我這裡東摸摸西摸摸的，不然就是拿我們公司的目錄在那裡南問北問。在我心裡，他跟吳小碧等級差不多，女人個性。

只是他比吳小碧有女人味一點而已。

點完四箱貨，我的腰都要斷了，整個人累得直接坐在地板上。看著剩下的幾箱貨還疊在我面前，我多想來一瓶威士忌插上吸管暢飲，才能消除我現在的煩躁。

冷不防地，一杯星巴克遞到我面前，「喝咖啡提神。」我都沒注意到顧⽶誠什麼時候跑去買咖啡的，可見我工作有多認眞。

「星巴克我只喝豆漿拿鐵。」我不喝牛奶，奶製品也不吃，因爲我會拉肚子。

他的表情黯淡了一下，走了出去，十分鐘後又來到我面前，「豆漿拿鐵。」

我接過咖啡，很好奇，「顧⽶誠，你都是這樣對女生的嗎？所以那些女生才會對你這麼難以忘懷？你超好控制的耶。」

他無奈地看著我說：「我本來是有一點不爽，好心買給妳喝還被挑剔。但其實我應該先問妳要喝什麼的，這樣就不會買錯了。」

「眞的，男人最忌諱『大主大意』。」我回了句台語。

「欸陳欣怡，妳個性本來就這麼機車嗎？」他似乎被我惹毛了。

我喝了一口豆漿拿鐵，順便點點頭。咖啡跑進我的喉嚨，但此刻我想念的還是酒精，也不管四周有多少人，我受不了地大喊，「好想喝酒喔！」

然後吳小碧的聲音從遠處傳來，「幾天沒喝酒好像眞的會要了妳的命一樣！」

我回過頭，吳小碧和譚宇勝朝我走過來。我記得今天是她特賣會最後一天，怎麼現在就下班了？

「妳不是在上班嗎？」我問。

她走到我旁邊，一臉很得意地說：「拜託，我 Top Sales 耶，東西都賣完了啊！老闆發薪水給我，說我可以下班了啊！」

我不以爲然地回答，「喔。」

「我們去吃麻辣鍋吧！隨便妳點，吃到吐都沒關係。」吳小碧拿出薪資袋在我面前晃啊晃。

我開心地要去拿包包時，譚宇勝突然問了一句，「顧先生，要一起去嗎？」

有這個必要嗎？

然後顧采誠很厚臉皮地說「好」。

吃麻辣鍋時，我和吳小碧聊的是最近哪部漫畫一定要看，哪本小說的情節有夠瞎，哪齣韓劇的男主角最帥，譚宇勝和顧采誠聊的都是設計館的進度，還有接下來要做的行銷活動。

各吵各的，但我還挺喜歡這種感覺。

手機響了，看著不認識的電話號碼，我很猶豫要不要接，因爲我眞的不喜歡接起來之後，對方問著，「哈囉，是我，妳還記得嗎？」

拜託，我怎麼可能會記得。

吳小碧和我同時看向躺在桌上一閃一閃的手機。她看了我一眼，很主動幫我接起來，熟練地和對方聊了一陣，拿下電話。

吳小碧轉過頭來對我說：「他說他叫阿森，上次和妳一起喝過酒。」

我的臉上馬上浮出兩個字，誰啊？

吳小碧很不屑地看了我一眼，拿起電話和對方說：「先生，你可能打錯電話了喔！」接著掛掉。

她把電話丟還給我，「陳欣怡，妳知道嗎？立可白用久了是會中毒的喔！我絕對不會去探病的……」

她還沒說完，我就塞了一塊鴨血到她嘴裡。

不到一分鐘，我的手機又響了，螢幕顯示「高雄老家」。

深吸一口氣，我按下接聽鍵，「喂？」

爸爸的聲音在電話另一頭響起，「郵局寄了一封通知單，說妳六年期的定存到期了，可以去領回來。」

「好。」我說。幾秒後，電話就掛掉了。

這通來電從接聽到結束有十秒嗎？

吳小碧看著我問：「家裡打來的喔？」

我點了點頭，大概只有接家裡的電話，我的表情才會這麼尷尬吧！吳小碧常調侃我，接家裡的電話比接信用卡公司打來推銷的電話還陌生。可是幾年下來，我也很能習慣這種陌生的尷尬，會這樣，實在不能怪家裡，只能怪我自己，這一切都是我自己造成的。

我的人生，都是我自己造成的。

放下手機，不經意看到顧采誠正盯著我看。我張大眼睛回看了他一眼，他低下頭繼續吃東西。人都是這樣，可以容許自己看穿別人，卻不希望別人看透自己。

突然有一道很尖銳的女聲喊著顧采誠的名字，我們四個人頓時都被這可怕的聲音嚇得停下動作，這聲音比小孩哭還要可怕。

一個打扮得像娃娃的女生走到我們旁邊，拉著顧采誠的手開始撒嬌，「采誠，我好久沒有看到你了耶！上次和我媽去你家，你爸爸說你最近工作比較忙，我好想你喔，你什麼時候要陪我去看電影？」

眞的很難想像巨型娃娃撒嬌居然會這麼噁心。

顧采誠的臉比我剛才接到家裡來電的尷尬還要尷尬，然後伸回被她拉住的手，用像是喉嚨卡痰的聲音說：「呃，安琪，我最近比較忙，有時間再說吧！」

「你每次都說你很忙，我眞的很久沒有看到你了耶，你都不會想我嗎？」她裝可憐地說著，邊說還邊把身體往顧采誠身上靠。是沒有骨頭嗎？還是把這裡當酒店了？

我的手指忍不住捲曲，很怕自己會控制不住，伸手往這張過濃的妝容呼兩巴掌。我這個人最討厭女生三裝：裝清純、裝陽光，還有裝可憐。

顧采誠一直往譚宇勝的方向躲，那隻巨型娃娃就更往他身上靠，整個人好像一隻無尾熊，那場面說有多難看就有多難看。託她聲線過高的福，整間店的客人都往我們這桌看過來。

我受不了地站起身，拉走譚宇勝，坐到顧采誠旁邊，然後也學那隻巨型娃娃的聲音，對顧采誠說：「采誠，我肚子餓餓，我想吃肉肉。」說完再嘟起嘴裝可愛。

吳小碧和譚宇勝不約而同露出「妳是不是卡到陰」的表情。我沒管他們兩個，拉起顧采誠的手，用著連我自己都想殺我自己的撒嬌語調說：「你——餵——我。」接著猛搖他的手，臉上裝出清純無辜的笑容。

顧采誠被我嚇到完全不知道該怎麼辦，一臉驚訝地看著我。那隻巨型娃娃看到我這樣，忍不住嬌嗔，生氣地問：「采誠，她是誰啊？」

「她、她是……」顧采誠受到的驚嚇有點大，講話開始結結巴巴。

我沒等他回答，接著說：「采——誠，我們吃完之後去泡溫泉好不好，上次我們去的那間溫泉會館很不錯耶，兩個人一起泡剛好。」

巨型娃娃好像被人潑了一桶冷水，放掉顧采誠的手，「哼，你又換女朋友了喔？」

我帶著微笑對她說：「我們下個月要結婚了。」

巨型娃娃崩潰，哭喪著臉，「什麼？你居然要結婚了？爲什麼我現在才知道？」然後跺著腳轉身離開。

她一離開，我馬上放掉顧采誠的手，站起身，走到吳小碧旁邊把譚宇勝拉開，坐回我原來的位置，繼續吃東西。他們三個人則是驚魂未定地看著我。

對，我是很奇怪，我也覺得自己有點多管閒事，但我就是看不下去巨型娃娃撒嬌的樣子。更準確地說，顧采誠那種不會拒絕別人的樣子我實在是看不下去，難怪他老是被前女友糾纏。

我抬起頭看著他們，「你們都吃飽了嗎？」

他們三個人馬上各就各位，拿起筷子往鍋裡猛夾菜。大家沒有說話，低著頭猛吃，好像剛剛什麼事都沒有發生一樣。

吃飽後，顧采誠和吳小碧爭著要結帳，後來兩個人剪刀石頭布，吳小碧輸了，顧采誠買單。

我走到吳小碧旁邊小聲說：「這樣妳還是欠我一頓喔！」

吳小碧一臉不情願，「知道啦！」

「欣怡，我和小碧要去精明一街那裡找一下廠商，可以麻煩顧先生送妳回家嗎？」

譚宇勝問我。

「你們去忙，我自己搭計程車回家就好了。」我不是需要人家送來送去的那種女生，我不習慣。

顧采誠在一旁說：「沒關係，我送妳回去，走吧！」

吳小碧很白目地跟著接話，「好啦！讓妳未來的老公送啦，你們不是下個月要結婚了嗎？」

我瞪了吳小碧一眼，真的是哪壺不開提哪壺，才想伸手捏她的臉，她馬上拉著譚宇勝逃跑了。君子報仇真的是三年不晚，先放妳一馬。

我看著顧采誠說：「你不用送我回去，我可以自己回去。」

他沒有理會我的回答，「走吧，我的車停在那邊。」說完就往前走。我只好跟在他身後。

一看到他的車，我真的很想大笑，「這車？」長得也太妙了吧！寶藍色是還滿好看的，可是底盤超低，整台車又看起來好像被壓過一樣扁扁的。

他一臉興奮，「很酷吧！」他按下車鑰匙，兩旁的車門自動上升。他還想繼續說些什麼時，我馬上就坐進車子，繫上安全帶。

我真的覺得坐這種車很不舒適，感覺像坐在地上。忍不住說了一句，「這車也太冏了吧！」

他一臉遭受打擊的神情，好像我講了林志玲的壞話一樣，「妳真的很不識貨，這台車是我花了多少心血、存了多久的錢才買到的，妳知道這台車是什麼來歷嗎？它……」

我沒理會，從包包裡拿出一張紙遞給他，「我住這裡。」我不打算背宿舍地址，反正只要住一個月。

「欸陳欣怡，妳真的是……」他還沒說完，我就接著說：「你可不可以好好叫我的名字，我叫陳欣怡，不是欸陳欣怡，我已經不高了，你還要把我叫到多矮啦？」

他笑了笑，「我也不知道，覺得前面加個『欸』，感覺比較親切。」

「欸顧采誠，你覺得這樣有親切感嗎？」我回答。

他滿意地點了點頭，真的是怪人一枚。

「欸陳欣怡，我有時候覺得妳還滿酷的耶。」

「好說。」我回答。

他笑著搖了搖頭，「妳跟我認識的女生真的很不一樣，真想知道妳腦袋裡都裝了些什麼。」

「那可能要等我死了，解剖之後才會知道。還有，不要拿我跟你認識的女生比，從我見到你的第一天開始，你認識的女生都讓人覺得很可怕。」

「爲什麼？」他好奇地問。

我轉過頭看他，「你不覺得你身旁都是一些巨型娃娃嗎？」

他發動車子上路，疑惑地出聲音問：「啊？」

「長得很漂亮，身材很高眺，但都很盧，這樣。」我簡短有力地做了個結論，「你的眼光眞的很差。」

他不服氣地說：「哪有？」

「哪沒有，先不要說那些女生對你死纏爛打，你自己本身也是個大問題。你是不知道怎麼 say no 嗎？女生一開始撒嬌，你就什麼都不會了。像剛剛那個女生，你竟然能讓她纏著你這麼久，眞的覺得你有病。」我說。

「女生是用來疼的，再怎麼不好的女生，她都是女生，男人本來就要有風度。」他說得義正辭嚴。

「不要跟我講這些，風度是什麼？能吃嗎？我只覺得你很笨而已。」我說。

「欸陳欣怡，妳爲什麼對我這麼有意見？」他說。

我不爽地回他，「因爲你都叫我欸陳欣怡啦！」

「欸陳欣怡，妳不會想結婚嗎？」他還是不改口。

我懶得理他，不想回答。

「欸陳欣怡……」他在某些時候眞的堅持得很莫名其妙。

「不想。」他還沒說完，我就直接回答。

他好奇，「爲什麼不想？」

「婚姻是什麼？可以吃嗎？」

他沒好氣地看了我一眼，「妳剛剛是沒有吃飽嗎？我以爲每個女生都會想要有一段穩定的感情，擁有一個幸福的家庭。」

我看著他，淡淡地說：「理想和現實永遠都是有差距的。」

他若有所思地看了我一眼，沒有說話，我也沒有說話。

我想起了那一段我曾經以爲穩定的感情。我曾經可能擁有的幸福，在一瞬間全都消失不見了。我不知道我還可以相信什麼。

誰不想要幸福？可是愈想要，受到的傷害就愈大。不是我不想要幸福，是我再也不敢想要了。

這一個晚上，失眠，好久不見。

我幾乎都沒睡，把這一切過錯全推到顧采誠身上。都是他害的，沒事講那些有的沒的幹麼？我都多久沒有去想起那件事了。

踩著痛苦的腳步，我先去巡櫃點，在SOGO時，我真的受不了，跑到星巴克點了一杯豆漿拿錢，坐在位置上邊喝邊打瞌睡。

「妳……是欣怡嗎？」

一道聲音從我頭頂落下。我抬起頭，看見一個很漂亮的女生。如果沒有記錯，她是顧采誠的妹妹，顧采雅。

「哈囉！」我微笑著對她打招呼。

她開心地在我對面坐下，「妳怎麼會在這裡？」

「我來巡櫃點，可是太累了，所以坐在這裡混水摸魚。」忍不住又打了個哈欠。

「妳的樣子真的看起來好累喔！」她從包包裡拿出一顆維他命給我，「這個可以提振一點精神。」

接過來，我向她說了聲謝謝。

兩個人開始東聊西聊，聊我從高雄上來支援的事，還聊她和顧采誠的事。我發現她其實很愛顧采誠的，雖然嘴巴裡講的都是顧采誠的壞話，但是語氣裡有太多的愛。

「我哥就是那樣，有時候就很痞啊！我都快被他氣死了。每次他只要一跟女生分手，他那些女朋友就會打電話來跟我哭訴，我眞的很倒楣。」

我笑了笑，才準備開口跟她一起罵顧采誠時，她的手機響了。她接起來，語氣不是很愉悅地說：「幹麼……誰叫你自己要弄不見？我今天沒空，我等等要跟子維去看電影。什麼蹺班！我是請特休好不好？我加班的時數都快可以請三個月的假了，你以為每個人工作都像你這麼隨便嗎？」

我猜是顧采誠打來的。看采雅罵他，不知道為什麼，心裡也覺得痛快。

采雅突然拿下手機，問我，「欣怡，妳等等會過去設計館嗎？」

我點了點頭。

她接著繼續講電話，「我請欣怡拿給你好了……對，我們現在在一起喝咖啡。干你什麼事啊！你管好你自己就好了。」

采雅掛掉電話後，從包包裡拿出一張感應卡，「欣怡，等一下可以幫我拿給我哥嗎？他又把家裡鑰匙弄不見了。我爸媽今天都出國了，沒人幫他開門。」

我點點頭，接了過來。

有一個高高帥帥的男生走進店裡來，采雅很開心地朝他招招手。男子看到采雅後也露出笑容，走到我們旁邊。

「欣怡，這是我男朋友子維，她是我朋友，陳欣怡。」采雅站起身，替我們介紹彼此。

聽著她的介紹，我忍不住問起自己：有多久沒有交朋友了？吳小碧是在職場上認識的，酒友也認識好幾年了，除了他們，其他人都只能說是點頭之交，也沒有特別要好的同事。我本來也就沒有特別想和誰當朋友，但聽到采雅說我是她朋友，心裡有一種很難形容又奇妙的感覺。

我微笑，對他點了點頭，接著他們就離開要去約會了。我自己一個人坐在星巴克裡，看著百貨公司裡人們來來往往，突然寂寞得很想哭。

爲了阻止這種低落的情緒蔓延，我馬上站起身離開星巴克，也離開那一杯我沒喝完的豆漿拿鐵。

一到設計館，顧采誠就走到我面前，好奇地問：「妳怎麼會跟我妹在一起？」

「我去 SOGO 巡櫃時遇到她。」接著從包包裡拿出采雅請我轉交的東西遞給他。

顧采誠笑著接過去，「謝啦，欸陳欣怡，我們晚上去逛夜市好了，妳來台中應該還沒去過逢甲夜市吧！」

「不要，我想回家睡覺。」昨天被他害得睡不好，我現在只想躺上床好好睡上一覺。

「逛完回去再睡就好啦！陪我去逛啦！」他居然叫我陪他去。

「不要！」

接下來的幾個小時，我在點貨，他就在旁邊一直吵，要我陪他去逛夜市。那畫面就好像媽媽在洗衣服，小孩在旁邊吵著要買冰吃的感覺。

感謝譚宇勝打破了冗長的僵持，「在忙嗎？」

我和顧采誠同時抬頭看著譚宇勝，他身旁站著一個女生，長得很漂亮，比起身高只有一五八公分的我高了好多。

譚宇勝接著說：「跟你們介紹一下，這位是我們部門新來的行銷專員，劉佳佳，她以後會負責設計館的行銷活動企畫，如果你們對活動有什麼想法，除了我之外，也可以和她討論。」

打完招呼，我繼續點貨。譚宇勝、顧采誠和劉佳佳三個人站在一起討論櫃位的事情。他們三個人站在一起，那畫面也太協調了，我每次都覺得，高個子的世界，空氣好像也特別新鮮。

劉佳佳的型，看起來就是顧釆誠喜歡的菜。長得漂亮，個子高䠷，重點是這個劉佳佳眼神清澈，謙虛有禮，而且笑容滿面，看起來就討人喜歡，跟之前顧釆誠身旁那些巨型娃娃不一樣。

她突然朝我走過來，「欣怡姊，不好意思這樣叫妳，會介意嗎？」

我怎麼好意思介意？人家還是少女時代，而我已經是一顆削好的蘋果，在等著慢慢氧化。唉，想到這裡就不禁哀傷。

「不會。」我笑著說。

「譚大哥跟我說妳工作能力很好，接下來的時間就要麻煩妳了，如果我哪裡想得不夠多，或是做的不好，請欣怡姊一定要給我指教。」劉佳佳真誠地說。

我怎麼敢當，更何況譚宇勝是哪隻眼睛看到我工作能力很好了？我以前和吳小碧一起混出名的，他怎麼會這麼善良？啊，我忘了他跟吳小碧在一起也是在做善事啦！

「別這麼說，大家一起努力。」場面話我也是很會講的。

譚宇勝和劉佳佳一離開，顧釆誠又走到我旁邊說：「等妳點完貨，我們就一起去逛夜市喔！」

「好啦！」被他煩到我直接妥協，放棄堅持。

一到逢甲夜市，我整個人超後悔的。人山人海擠到我的胃都要跑出來了，表情很差地對顧采誠說：「爲什麼一定要來逛夜市？」

「我怕妳在台中無聊啊！」他笑了笑，接過我手上的包包，拉著我往人群裡面走。

看到這種人潮，我眞的寧願無聊死。

「要吃章魚燒嗎？」他問。

我點了點頭。

他買了一盒，我吃一顆，又把章魚燒遞還給他。

可能是章魚燒開了我的胃，我接下來還吃了生煎包、春捲、無骨炸雞……而且都只吃一口就丟給顧采誠。

他不停解決我丟給他的食物，然後看到一堆人排豬血糕，我又去買了一支，吃了一口又丟給他。最後他眞的爆發了，「欸陳欣怡，妳很浪費耶，都只吃一口就不吃了。」

「我不吃了你會吃啊！我就是什麼都想吃，但是都只想吃一口。」

「妳想害我撐死嗎？我吃到要吐了。」他兩隻手上拿滿了我只吃一口的食物。

我沒有理會他的抱怨，走到一攤賣手機殼和手機套的攤子前。我的手機需要一個袋子,它被我丟在包包裡,常常被我的筆記本、化妝包撞來撞去,都傷痕累累了。

我看到一個黑底色有圓點的塑膠皮套,感覺好可愛。才想伸手去拿起來看,旁邊一個女生搶先拿走,對老闆說:「老闆,那我再加買這個,你可以再便宜多少?」

老闆面有難色地說:「小姐,我都算很便宜給妳了啦!」

「老闆,你少來了啦!這個進價多少我知道喔,你去賺別人的,不要賺我的啦!這樣,三個手機套算我五百啦!」

老闆嚇得馬上伸手拿過她手上的手機套,「小姐,這樣我不敢賣妳啦,能算便宜的,一定會便宜給妳,我也是辛苦去批貨來的,賺很少了。」

那個小姐還是很不客氣地繼續說:「老闆,乾脆一點啦,五百我馬上買,不然你賣不出去也是賠啊!」

同樣從事服務業的我,面對客人這種無理取鬧的態度,心裡有八百萬把火在燒。我跟老闆說:「老闆,你手上那個手機套我要,幫我包起來。」

「喔!好。」老闆開心地回答。

旁邊那位小姐很不客氣地對我說:「小姐,這東西是我先看到的,我都還沒和老闆講完,妳就這樣搶著買,會不會太沒風度了一點啊?」

我也不打算跟她講禮貌，「妳要買嗎？那妳馬上拿錢出來啊！」囉嗦一大堆，大家都是出來討生活的，何必去爲難別人？有錢就拿出來買啊，講那麼多幹麼？

我跟老闆結完帳，當著她的面往手機套裡裝進我的手機，開心地對老闆說：「跟我的手機好搭喔！謝謝老闆。」

老闆也開心地點了點頭，然後又拿了一個香菇造型的耳機孔塞給我，「小姐，這個送妳，算是贈品。」

那個小姐很生氣地罵了我一聲，「沒水準。」之後就扭頭離開了，我眞心希望她晚上睡覺不會落枕。

顧采誠嘆了一口氣，接著說：「拿著名牌包包，穿得人模人樣，沒想到這麼愛佔人家便宜，態度還這麼差。」

「你不知道現在這個世界上，有很多婊子裝千金嗎？」我說。

「欸陳欣怡，妳講話不能稍微修飾一點嗎？」他對我太直接的描述頗有微詞。

「無法，我現在又不是在上班，更何況她罵我沒水準的時候，也沒在跟我客氣啊。」我說。

他百口莫辯地接受了我的說法。

「那個炸花枝看起來好好吃喔！」我沒有理會他的抱怨，經過炸海鮮的攤子，看到炸得油油亮亮的花枝，好想吃一口。

他看著我，很無奈地說：「妳可以讓我休息一下嗎？」

我點點頭，和他一起到一間果汁店坐著，我喝蘋果汁，他看著我喝蘋果汁，「你不喝嗎？」我問。

「我是來休息的，不然等一下我陣亡，妳沒吃完的自己想辦法喔！」顧采誠一臉撐到不行的表情看著我說。

我笑了笑，沒有說什麼。顧采誠這個人其實眞的滿好的，難怪那些前女友都對他念念不忘。

「欸陳欣怡！」他突然叫了我的名字

我抬起頭看著他，「幹麼？」他一臉欲言又止的模樣，是便秘喔？

「幹麼啦？」我不耐煩地又問了一次。

「妳爲什麼看起來好像有很多心事？」他緩緩地說。

這句話讓我暫時停止呼吸。愣了十秒，我清了清喉嚨說：「因爲我還沒吃飽。」隨便說了一個答案，我並不想回答這個問題。

我以為我假裝得很好，我的酒友都說我是全世界最無憂無慮的一個人，連吳小碧都問過我，「妳是不是不知道煩惱這兩個字要怎麼寫？」一直以來，我只想嘻嘻哈哈地過日子，因為這樣才會快樂。

為什麼我眼前的這個人會覺得我有心事？

他一直盯著我看，我用最快的速度喝完蘋果汁，然後拿起一旁的包包準備要離開，沒想到和隔壁桌的客人撞上。我的包包掉在地上，因為沒有拉上拉鍊，裡面的東西都掉出來了。

「不好意思、不好意思。」撞到我的女大學生一直道歉。

我趕緊把掉出來的東西撿回包包裡。我一直找著我的記事本，它最重要，也最不能讓人發現，可是它竟硬生生地攤開，落在顧采誠腳邊。他邊看邊伸手撿了起來。

我用最快的速度搶回筆記本，丟進包包，把拉鍊拉上，然後離開果汁店。我不知道顧采誠看到了多少，只知道接下來逛夜市的時間裡，我們的對話少得可憐，而我什麼都吃不下了。

送我回家的路上，他終於打破沉默，問了我筆記本上的事，「妳是不是得了癌症？」

「我身體很健康好嗎？」我反駁。

「那為什麼妳筆記本上要交代妳的後事？」他不明白地問。

「那又沒有什麼。誰都說不準這世界上什麼時候有意外，先寫起來放，如果我眞的發生什麼意外，大家也才知道要怎麼幫我處理啊，而且也不用什麼處理，反正把錢都捐給弱勢團體，器官也捐一捐。這是一種負責的表現好嗎？」我雲淡風輕地說。

「妳爸媽知道妳這樣嗎？」他覺得很不可思議。

除非我比爸媽早走，不然他們應該是沒機會看到。我想像過這本冊子會被看到的話，也應該是以後我老了，住在養老院時，被每天來幫我換尿布的醫護人員看到吧。

「奇怪，你問那麼多幹麼？」怎麼那麼像個女人啊。

他接著說了一句，「欸陳欣怡，妳眞是個大怪咖，妳好像是從外星球來的一樣。」

我看了他一眼，要他停車，放我這個外星人下車。

「幹麼？妳在生氣嗎？我說錯什麼了嗎？」他讓車繼續前進，沒有停下的打算。

我從包包拿出眉筆，很不客氣地在他車子中央面板那塊高級螢幕上，寫了「停車」兩個字。

他嚇得馬上把車子停到一邊，「欸陳欣怡，妳瘋了喔？」

我沒有說話，迅速下車，在路上攔了一台計程車，坐上車之後，我才慢慢冷靜下來。我其實沒有生氣，也沒有瘋，我只是不想讓他再繼續靠近我的世界。我就是這樣在生活，我沒有必要向任何人交代我是用什麼心態在過日子的。

就連我的父母，也從不干涉我是怎麼過日子的，我爲什麼要對一個認識沒幾天的人解釋我如何安排我的生活？我一點都不想講，當有人試圖了解我的想法，會令我十分害怕。

回到宿舍前，我去便利商店買了一瓶威士忌，向店員要了一根吸管。我在房間裡，妝也沒有卸，就這樣喝著酒，放空，然後……睡著。

也許，我會害怕，是因爲我從來就不曾了解過自己吧！

隔天，我沒有到設計館去，打電話跟老闆說想休息一天，老闆很爽快地答應了，畢竟現在所有事情都在進度內，他表示很感激我的幫忙。

我開始整理，想到昨天晚上沒有卸妝就很想揍自己。以前年輕的時候，三天不卸妝皮膚還是很好，年紀大了，只有一天沒有卸，臉摸起來就會像失去水分的橘子。

我不要變成風乾的橘子！忍不住在心裡大吼。

好好地洗了個澡，之後躺在床上敷臉，手機卻一直響。但我現在這種狀況是沒辦法講電話的，只好讓手機在那裡繼續響，我也繼續敷著臉。

我敢肯定這個神經病一定是吳小碧，奪命連環 call 耶，連我在洗臉時，電話鈴聲都沒有停過。

把臉擦乾，我走到桌子旁，拿起響個不停的手機，螢幕顯示的是一組沒見過的號碼，我疑惑地接了起來。

「欸陳欣怡，妳今天爲什麼沒有來上班？」是顧采誠。

我淡淡回應，「我今天休假。」

「喔！」他在電話那頭沉默了一下，接著說：「我昨天是不是惹妳生氣了？我是不是說了什麼不應該說的話？還是因爲我看到了妳的筆記本？」這語氣是在裝可憐嗎？

「沒有。」我依舊很冷靜，因爲這完全是我的問題，不是他的。

「眞的嗎？」他擔心地問。

「欸顧采誠，你爲什麼要擔心我會不會生氣？」我也習慣在叫他的時候前面加個

「欸」字。

「我也不知道我是被鬼附身還怎樣，欸陳欣怡，妳是第一個敢對我車子亂來的女人，而我現在居然沒急著去處理我的車子，還在這裡跟妳討論妳是不是在生氣。」他說的每一個字，都充滿了極度的無奈。

我忍了不住笑出來，「那個用卸妝油擦一擦就好了。」

「妳在跟我開玩笑嗎？」

「沒有，我是很認眞的，那只是眉筆。」

「不要，我還是要找時間送回原廠維修。」他很堅持，是有沒有那麼愛那台車？

我無所謂地說：「隨便你，但請不要把帳單寄給我。」

「欸陳欣怡，都沒有人說過妳很可惡嗎？」他問。

「這件事你可以跟小碧討論，她無時無刻都覺得我很可惡。」我本來就不是什麼好人啊，「對了，這附近有沒有什麼漫畫出租店？」

「妳要幹麼？」

去出租店還能幹麼？當然是看小說啊！顧采誠自告奮勇要帶我去，於是半個小時後，我穿了一套灰色運動服和一雙人字拖，坐到了他的超悶跑車上。

「欸顧采誠，你沒有正常一點的車嗎？」我問。

「妳知道這台車多貴嗎？妳知道妳正在坐在德國工匠親手縫製的皮椅上嗎？」他看我嫌棄他的車，忍不住大聲說。

「不知道，我也不想知道，免得我覺得你是個大白痴。」對我這種二手機車都能騎那麼多年的人來說，交通工具只是代步，可以動就好了。

他不服氣，「這台車是所有男人的夢想。」

我淡淡地說了聲，「喔！」可惜我是女人。

他洩氣地說：「別的女人坐上這台車都興奮得說不出話來，就只有妳一直嫌棄它，它有靈魂，它會哭的。」

看到他這麼認真解釋，我伸手摸了他的額頭，「沒發燒啊，怎麼講話瘋瘋癲癲。」

結果他崩潰，「欸陳欣怡，妳真的很可惡耶。」

一路上他都不再跟我說話，我則是坐在一旁，得意洋洋地看著我昨天晚上的傑作。我在所有男人的夢想上用眉筆寫了「停車」兩個字耶！不知不覺心情愈來愈好，我還哼起了歌。

「這是王菲的〈紅豆〉嗎？」他問。

我生氣地說：「屁啦！明明就是張惠妹的〈我要快樂〉。」

「喔，怎麼妳哼起來都很像啊？」他將了我一軍，嘴角開始上揚，眞的是很容易滿足啊！

我以爲他只是送我到漫畫店，沒想到他居然停好了車，要跟我一起進去看。

「你今天不用上班喔？」我問。

「我忙完啦！」他說。

總覺得自己問了一個蠢問題，他什麼時候認眞上班過了？他和平常一樣穿著高級西服，與穿著休閒服裝的我走在一起，眞的莫名地不搭軋。

「欸陳欣怡，妳沒有化妝看起來年紀比較小耶。」

懶得理他，我逕自己拿了一堆漫畫和小說，先到櫃檯結帳，再點一杯冰紅茶，找個位置開始看起我的漫畫。

沒多久，顧采誠也拿了一套金庸的小說，坐在我對面開始看起來。半小時後，他整個人睡翻，書都掉到地上了還沒有反應。

我看著他熟睡的樣子，不禁問自己：我有多久沒有這麼認眞看過一個男人了？

一直以來，泡夜店遇上的都是露水姻緣，我不需要在乎他長得好不好看、家裡有沒有錢、工作穩不穩定，我只在乎他是不是拿得起放得下。因爲我要的從來就不是一段穩定的感情，只是排遣無聊消磨時間罷了，如果要認眞，我就沒辦法奉陪。

看著看著，竟覺得他睡著的樣子很單純可愛，我一定是太累出現幻覺了。馬上把注意力拉回漫畫上，不再去注意他的睡臉。

注意力一集中，我一路從下午看到晚上八點多。我都換過三套漫畫四本小說了，顧采誠竟然都沒換過睡覺姿勢，他等等醒來一定會腰痠背痛。但我還滿想看到他腰痠背痛的樣子，所以決定去櫃檯點一碗泡麵，再租一套漫畫繼續看。

不知道他是睡到太餓，還是聞到泡麵香味醒來，他一醒來，看到我在吃泡麵，生氣地說：「欸陳欣怡，只叫自己的喔？」

「你在睡覺啊！我怎麼知道你要不要吃？」我無辜。

他也去點了一碗泡麵，還加點一份三明治，拿到我面前炫耀，「我還有三明治！」眞的好幼稚。

待到十點多，換我受不了想睡覺，於是我們一起離開了漫畫店。「我去開車，妳在這裡等我。」顧采誠說。

我點了點頭。

站在漫畫店前東張西望，看著車流、看著人潮穿越，我想起那段和某個人一起上圖書館的日子。我們會一起念書、一起吃消夜、一起去陽明山看夜景，我們一起做了很多事。

突然有人拍了一下我的肩膀，我轉過頭去，有個人開心地對著我笑，「妳是欣怡吧！是吧？妳都沒有變耶，我是張富強，妳記得我嗎？我是梁紹翔的同學啊！」

我怎麼可能忘記，雖然我一直很想忘記那一切。

「妳……過得好嗎？」他看我沒什麼反應，問著世界上最難回答的一個問題。

我過得好嗎？

還能吃、還能笑、還能玩、還可以呼吸，這樣是不是就算過得好了？

我點點頭，完全不知道自己是什麼表情。

他繼續問著，「妳還有回台大念書嗎？」

我沒有回答。

「妳跟梁紹翔有聯絡嗎？」他很擔心我的反應，語調緩慢地問著。

我困難地呑著口水，多希望現在可以出現任何一個人帶我離開現場，離開這些我不想回答的問題。

我全身竟不知不覺地發抖，開始冒冷汗。

「欣怡，妳還好嗎？」張富強拍著我的肩。

我嚇得往後退了一步，撞上後面的顧采誠。他急忙扶住我，「欸陳欣怡，妳小心一點。」

我努力地順著呼吸，想說點什麼，可是一句話都說不上來。

張富強察覺到我不太對勁，沒有再繼續問，遞了一張名片給我，「欣怡，能遇見妳眞的很開心，這是我的名片，妳可以跟我聯絡。」

我緩緩接過名片。

「那我先走了，有機會再聊。」他微笑著和我道再見。

我只能用盡全身力氣對他點點頭。他一離開我的視線，我整個人就虛脫地蹲在地上，完全站不起來。

原來再次面對那些回憶，我還是如此不堪一擊。時間到底爲我帶走了什麼？爲什麼再聽到梁紹翔的名字，我的心還是如此地痛？

「妳……還好嗎？」顧采誠也跟著我蹲下，在我面前關心著。

我腦筋一片空白。不管我要不要想起那些回憶，一切都像猛獸般朝著我狂奔而來，我被踐踏得毫無抵抗力。

顧采誠把我扶起來，然後帶我到車上。他開到路旁，找了個停車格停下，就這樣，我們在車上沉默了半個小時。

「妳在車上等我一下。」他突然下了車。再回來時，手上拿了一杯熱過的豆漿飲品遞到我手上，我的手心突然有了溫度。

「本來應該買熱牛奶給妳喝，可以壓壓驚鎮定一下的，但是妳好像不喝牛奶，所以我買豆漿。還是妳想喝別的？我現在馬上去買。」他看著我，一臉擔心地問。

我搖搖頭，沉澱過後勉強可以擠出「沒關係」三個字。我拿起豆漿喝一口，當豆漿流進我的胃裡，我居然哽咽想哭。

但我還是忍住了。

不知道剛剛他什麼時候走到我後面的，我和張富強的對話他聽到了多少？爲了這個我努力不讓任何人知道的祕密，我努力地保護我自己，沒想到還是輸給了命運。

「欸陳欣怡，妳臉色眞的很差耶，需要去看醫生嗎？」他說。

忍不住苦笑了一下，這種病要掛哪一科？我還滿好奇的。

「妳還能笑，那應該是不用去了。」他眉頭放鬆。

我無奈地又笑了一下，他卻說：「欸陳欣怡，拜託妳現在不要笑，妳現在這樣笑起來比哭還醜。」

我伸手拍了一下他的額頭。

他撫著額頭，吃痛地說：「妳幹麼打我啦？」

我嘆了一口氣，問他，「你剛剛聽到了多少？」

他看著我，猶豫了很久才說：「妳想聽眞話還是假話？」

我又伸手想打他時，他馬上抓住我的手，「如果妳這種技倆還可以打到我兩次，我還算是男人嗎？」

這個人難道不知道我有兩隻手嗎？

我二話不說，用另一隻手往他飽滿的額頭拍下去，聲音比第一次還響亮。他痛得放開我，兩隻手不停地磨擦額頭，生氣地吼，「欸陳欣怡，妳眞的很過分耶！」

我被他的反應逗得心情好了很多。

「你到底聽到什麼了？」我假裝生氣地再問一次。

他繼續撫著額頭，很怕說出答案時，會再被我打，於是身子稍微往後移，慢慢地說：「從他問妳有沒有繼續回台大念書的時候。」

也就是說，能聽到的他都聽到了……聽到了又怎麼樣？我也沒有解釋的必要。

我沉默不語，反倒是他開口了，「欸陳欣怡，妳以前是台大的喔？」

我看了他一眼，喝了一口豆漿，沒有回答。他又繼續問：「妳是不是被當太多學分，所以沒有畢業？」

我又作勢想要打他，這次他很聰明地摀住自己的臉，那樣子跟他的車一樣，囧得很好笑。

「送我回家。」我說。

他驚訝地問：「現在嗎？」

「不然呢？」我對於他的問題眞的很不耐煩。

「現在送妳回去我會睡不著，我會一直猜測妳到底發生什麼事，還有那個梁什麼翔的到底是誰啊？」他喋喋不休地問。

「知道這些對你有什麼好處？」我忍不住反問。知道了我的事，他可以得到什麼？事業更一帆風順？還是可以馬上結婚生小孩？我從不過問別人的事，那不會讓我的人生更快樂，和我的人生也沒有任何關聯。

「我晚上可以比較好睡。」他說了一個超爛的理由。

我回答他，「但我不想講。」

「欸陳欣怡，害朋友失眠對妳有什麼好處？」他反駁。

我眞的不知道我們什麼時候變了朋友。我發現他們家的人都很愛交朋友，昨天他妹妹才說我是她朋友，現在換他說是我朋友，我陳欣怡什麼時候交那麼多朋友了？

我沒有理他。

他只好洩氣地發動引擎，一路上都沒有再和我說話。我轉過頭，看著他有點鼓起的臉頰，這小子現在是在跟我鬧脾氣嗎？我忍不住用手戳了他的臉一下。他轉過頭來，小家子氣地說：「不要摸我。」

我忍不住笑出來。

「這不是什麼開心的事，你也想知道？」我問。

他很用力地點頭。

「那請我喝酒吧！喝醉了我什麼都可以說。」

他也笑了，「那有什麼問題？」

這個自稱是我朋友的人，根本不知道我陳欣怡很久沒喝醉過了。

原本他說要帶我去喝酒的地方，我拒絕了。想喝酒，哪裡都可以喝。我們到便利商店，我拿了一瓶威士忌，結帳時，我問他要不要喝，他搖搖頭，「不行，我得開車。」所以我只要了一根吸管。

他不可思議地看著我。我則是笑笑地拿著酒和吸管，走到便利商店對面的社區小公園裡，坐在秋千上，打開瓶蓋，插上吸管開始喝。

酒量這種東西眞的是可以訓練的，或者該說，任何事都是可以被訓練的。我這幾年就被自己訓練得很好，訓練得很會裝沒事過日子。

他張著嘴，好像在看世界奇觀一樣，緩緩坐到我旁邊的另一個秋千上，嘴巴依舊沒有闔起來。

我看著他發冏的表情，忍不住說：「蚊子都跑進嘴巴了。」

他馬上閉上嘴，吞了一口口水問我，「妳平常都是這樣喝酒的嗎？」

「偶爾。」心情很不好的時候才會這樣喝。心情好的時候，我喜歡喝濃度低的酒，氣氛開心最重要。

我們又沉默了十分鐘，我不知道怎麼開口，他也不知道要怎麼問我。

倒是我先問了他，「你爲什麼想結婚？」

他被我的問題嚇一跳，「不是每個人都會想結婚嗎？有一個幸福美滿的家庭，不是人生的目標嗎?」

我笑了笑,「你看起來這麼花心,不像是這種人啊,感覺你幸福美滿的家庭裡,會有八個老婆之類的。」

他不服氣地說:「欸陳欣怡,我不花心好嗎?交女朋友是在努力選擇一個可以陪我走完人生的另一半,合就在一起,不合當然不要浪費彼此的時間。」

「什麼是合?什麼是不合?一開始合,會不會到最後變不合?」我說。

「妳是在繞口令嗎?」他說。

我吸了一口威士忌,「沒有,我只是覺得你的目標好偉大。」

「欸陳欣怡,妳是不是不相信愛情?」他說到一個重點了。

我想了一下,點點頭,「愛情是什麼?可以……」

「可以吃嗎?」顧采誠又接了我的話,然後繼續說:「我怎麼覺得妳常常沒有吃飽?」

我無奈地笑了一下。

他突然搖起秋千,對我說:「欸陳欣怡,妳知道嗎?不相信愛情的人,通常也不相信自己。」

我疑惑地看著他，他繼續說：「因爲不相信自己可以幸福，所以也就不相信這世界上有愛。如果妳相信自己可以得到快樂，那妳隨時都可以擁有愛。」

這次換我說：「你在繞口令嗎？」

「嘖，我在跟妳講眞的。」他停下秋千，不悅地看著我。

我繼續喝酒，想著他說的那一句話。我眞的不相信我自己嗎？不，不是的，我曾經相信過愛情，相信自己可以得到幸福，只是自己相信的那一切，在某一天突然消失不見了，信心，也在那時候跟著愛情消失了。

「妳喝慢點，只剩下半瓶了，妳有這麼渴嗎？」他看著我手上的酒，一臉嫌棄。

他不知道，習慣酒精比習慣男人還要美妙。

我沒有理他，開始說起那一段從我生命裡消失的愛情，「梁紹翔是我高二時參加YMCA營隊認識的一個學長。他大我一歲，功課很好，人緣也很好。他家在台北，我家在高雄，我們談起了遠距離戀愛，約好了要上同一所大學。他先考上台大後，我壓力很大，每天都很認眞念書，就是希望可以和他上同一所學校。

「聯考成績出來，我也考上了。我爸媽很開心，但最開心的是我，因爲我可以每天看到他，每天陪在他身邊。上台北時，我瞞著爸媽退掉了宿舍，開始和他同居。」

顧采誠很不認同地看了我一眼，我笑著說：「年輕的時候總是會不懂事，你不要跟我說你大學時期都沒有跟女同學怎樣樣喔！」

他被我堵到一句話都說不出來，我得意地看著他，接著說：「那段時間是我最快樂的日子，我們一起生活、一起念書。他打工時我去等他下班，我打工時他來接我下班，他幫我規畫好未來，大學畢業之後他會繼續念研究所，然後去當兵，他退伍我們就結婚。你知道嗎？當女人認定這個男人會是她的全世界時，她就失去了她自己。當時，我的人生只剩梁紹翔三個字。」

原本以爲自己應該沒有什麼機會再講到他的名字，卻沒想到這三個字還能從我口中說出來。

「他畢業典禮那一天，晚上我們還和朋友一起慶祝，但隔天我上完課回到家時，他就不見了。」說到這裡，我又忍不住發抖。

「不見？」他驚訝地說。

「房間裡，他的東西全都不見了，整個家裡只剩我的東西。他把有他回憶的物品全都帶走，好像我們從來沒有一起生活過。我問他的同學，沒有人知道他去了哪裡，我去學校問，學校說他研究所沒有去報到。我去他家找他，大門卻貼了一個『售』字。他就這樣消失了，原來人眞的可以消失得這麼無影無蹤。」

當我知道他消失時，驚慌得不知道該怎麼辦，每天，醒著的每分每秒，我就是在找他。想到那時候的焦慮，我難過地緊握雙手，指甲陷在我手心裡，我卻一點都不覺得痛。

顧采誠走到我面前，溫柔地打開我的手，然後緊緊握著，我內心翻騰的情緒才漸漸緩和了下來。

「我找了他三個月，能夠找的地方，能夠問的人都問了，沒有人知道，就好像他從來沒有出現在我的生命中一樣。在學校，同學對我指指點點。和我親近的朋友用同情的眼神看著我，和我關係不好的同學就在背後取笑我，可是我不在乎，我想的都是『他爲什麼要消失』？」到現在，我還是不知道他爲什麼離開我的生命，連原因都不說，走得這麼徹底。

我看著顧采誠的臉，忍不住問他，「你覺得他爲什麼要消失？」

他嘆了長長的一口氣，搖了搖頭，「我也不知道。」

「失去了全世界，我好像不知道該怎麼生活，沒有辦法睡覺、沒有辦法吃飯。我好幾天都沒去上課，學校老師也很擔心我，因爲一直曠課下去不是辦法。有一天，老師要我去學校面談，沒想到在學校外面，我看到了一個很像梁紹翔的人，我想都沒想就衝了過去，沒注意來車，就被車子撞到。醒來時，我已經在醫院了，旁邊是我爸媽。」

我的眼淚從眼角滑落，滴在我和顧采誠手上。我開始放任自己大哭，不管我多努力想抹去這些記憶，它就是深深地刻在我的腦子裡。立可白失效，我只能選擇忽略，把這些藏在角落，假裝自己忘了。

爸媽一直以爲我在台北過得很好，很認眞在念書，我卻讓他們失望了。他們看著我的眼神好陌生、好陌生。

「好了好了，不要說了。」顧采誠拍著我的背安撫我，抓著他的領帶幫我擦眼淚，到最後，整條領帶從他脖子解下來，變成我的衛生紙。

「我曾經想死。」我哽咽起來。

顧采誠急得大喊，「欸陳欣怡，妳不要亂來喔！」

看他滿臉著急的神情，我忍不住笑出來，「我不會的，因爲我找不到死掉不會痛的方法。」

沒想到把這件事講出來之後，心情會這麼輕鬆。我深深地呼了一口氣，接著說：

「後來我就休學回高雄，因爲和爸媽的關係太尷尬，就自己搬出來住，以上。」

我坐在秋千上，他蹲在我面前看著我，一臉哀傷，眼眶還有點紅紅的。我忍不住取笑他，「你現在是要哭的意思嗎?」

他很誠實地回答我，「有一點。」

「又不是你被拋棄，有什麼好哭的。」我說。

「妳好堅強，真的，我要給妳愛的鼓勵。」話一說完，他的雙手就開始拍出愛的鼓勵的節奏，還重複三次。

「你好無聊喔你。」我拿著他的領帶擦掉眼角的淚水，再把它塞進他襯衫口袋裡，接著默默地把那瓶威士忌拿起來喝完。

而顧采誠一直看著我，一直一直看著我。

我把空瓶遞給他，他接了過去，看著我說：「欸陳欣怡，我好慶幸妳現在還能在我面前喝酒，我覺得自己好幸運，我決定不把車子送去維修了，那兩個字我要一直留在我的車裡當做紀念。」

然後他突然拉著我手，往便利商店的方向走去，「走，看妳要喝多少都沒有關係，我請客，盡量喝沒有關係。」

我站在酒類商品區前面，他幫我挑酒，「這瓶好不好?不要不要，這瓶太便宜了。」然後又拿了一瓶奶酒，「這個好不好？女生好像都滿喜歡喝這個的，啊，不行不行，妳不能喝牛奶。」

看著他認眞挑酒的樣子，我其實很想跟他說：「欸顧采誠，我好慶幸你一直吵著要我說，不然，我還不知道要被這些回憶壓著多久。」

他又挑了一瓶威士忌和兩瓶紅酒，「這樣應該夠吧！不夠明天我再帶妳去喝，喝好一點的酒。我媽和我妹很會喝酒，也很會挑酒，我再叫她們介紹我好喝的酒，妳要喝多少我都買給妳。」

我有多久沒有打從心底開懷地笑？不是因爲酒，是因爲顧采誠。

我們又回到公園。我喝著酒，他喝著可樂，東聊西聊。我被回憶綑綁了八年，現在正覺得那條繩子慢慢鬆開。原來，放過自己竟是一件這麼幸福的事。

顧采誠開始說起他的豐功偉業。印象中，他說到第八個女朋友的時候，我就逐漸失去意識了。我夢到自己走在一座森林裡面，赤著腳踩在泥巴上，背後跟了好多手掌大小的花仙子，揮著透明的翅膀在我身旁飛舞，一直對我笑。看著仙子們快樂的模樣，我也笑了。

原來，我身旁還能圍繞著這麼美好的事物。

活。

「欸陳欣怡，十點多了，妳幾點要去公司啊？」有一道聲音一直打擾我在森林裡快活。

「欸陳欣怡、陳欣怡！」那個聲音一直在我耳邊吵著。我很不情願地睜開眼睛，朦朧間看到顧采誠的臉就在我眼前，他的手不停拍我的臉。

我厭惡地拍開他的手，「你好煩喔！不要打了啦！」我緩緩坐起身，慢慢清醒過來，才發現我居然在一個陌生的地方，顧采誠正跨坐在我身上。我馬上瞪大眼睛，把他推到一邊去，開始檢查我的衣服是不是好好地在身上。酒後亂性不是沒有過，但如果發生在我和顧采誠之間，那就眞的尷尬了。

看見昨天出門穿的灰色運動服還算整齊地套在身上，我才鬆了一口氣。顧采誠跌坐在地上，不停摸著他的屁股唉唉叫。

「欸陳欣怡，妳的起床氣也太暴力了。」他緩緩站起來，腰伸太不直。

我不好意思地向他說聲對不起，「你有沒有怎樣？我怎麼會在這裡啊？這裡是哪裡？」

「這裡是我家,我的房間。昨天妳喝到怎麼叫都叫不醒,想送妳回宿舍又不知道妳住哪一間,問妳又沒有反應,只好先帶妳回家,我都快累死了。」他坐到書桌前的椅子上,臉上帶著倦容。

我尷尬地笑了笑,不經意瞄到桌上的時鐘,居然已經十點半了,我嚇得跳下床,焦急地說:「你怎麼沒有叫醒我?新光三越的專櫃小姐今天有事,請我十二點過去幫她代一下班。」

顧夈誠生氣地站了起來,為自己申冤,「我從早上八點一直叫妳,叫到現在妳才醒來耶,中間妳一度完全沒有反應,我差點要叫救護車了!妳睡著怎麼那麼難叫?」

我沒時間回應他的問題,只想馬上離開這裡。我還得回宿舍換衣服,這一遲到,整個早上的時間幾乎都浪費掉了。

「幫我叫計程車,我要回宿舍換衣服。」我拉著顧夈誠說。

「妳不要急啦!我送妳回去就好了,妳要不要先洗個臉?」

我搖搖頭,「哪有時間?回去換衣服的時候再洗就好了,走啦!快點。」我拉著他往外衝,看到樓梯就往下走。他被我拖著走,一直在我身後嚷嚷,「欸陳欣怡,妳慢一點啦!」

衝到客廳時，大門突然被打開，我和他都停下腳步。進來的是一對中年夫婦，他們抬起頭和我們對看著。

沉默了三秒，顧采誠緩緩地出聲音，「爸、媽，你們回來啦！」

什麼？

我馬上放掉顧采誠的手，拿出我的禮貌，笑著打招呼，「伯父、伯母，你們好。」事實上，我現在心跳好快，比昨天晚上在講梁紹翔的事時跳得更劇烈。這情景也太考驗我的臨場反應了吧！

顧媽媽走到我面前，上上下下仔細地看了我一次，也笑著說：「妳好，妳好！」顧爸爸則是很禮貌地給了我一個微笑，點了個頭。

接著，門口又走進來一個女人，邊走邊說：「媽，車上的東西都拿下來了嗎？不要又像上次一樣忘了。上次水果放在我車子裡放到壞掉，我處理很久耶。」

她就定位，看到我也嚇了一跳。一秒後，開心地走到我旁邊拉著我，「欣怡，妳怎麼會在這裡？」

是上次說我是她朋友的顧采雅。

我有一種「大事很不妙」的感覺，又說不上來是哪裡令我腳底發涼。

「小雅，妳也認識這位小姐啊？」顧媽媽好像發現什麼新大陸一樣地問。

采雅也熱烈地回應，「對啊，她是我朋友。」

這時候，我的救兵只有一個人了。我用求救的眼神回頭看顧采誠，他感受到我的眼神，走到我旁邊，對大家說：「欣怡上班要遲到了，我先送她回去。」

采雅帶著一抹高深莫測的笑容說：「欣怡，妳昨天晚上住在這裡嗎？」

「我昨天喝太多了，所以……」我還沒有講完，顧媽媽馬上接走我的話，熱情地說：「住這裡很好啊！采誠交過那麼多女朋友，還是第一次帶回家來呢，妳有空可以多來玩啊！」

我趕緊否認，「不是的，伯母，我們只是朋友，只是我昨天……」

「沒關係、沒關係，這個年紀交朋友都是正常的，我們不介意的。」顧媽媽完全不讓我解釋，按照自己的意思解讀得很開心，我也懶得再說什麼了。

采雅則是一直在旁邊笑。我給了她一個無奈的表情，她卻笑得更開心，一切眞的是愈描愈黑。

「好了啦！我們先走了，眞的已經遲到了。」顧采誠拉著我往外走。

我邊走邊回頭向大家說再見，「伯父、伯母，眞的很不好意思，先走了。」他們笑著對我揮手，接著我對「我的朋友」說：「采雅再見！」

她笑著回應我，「下次來我家吃飯，我媽做的菜很棒的。」

我微笑，點了點頭，感謝他們給我的笑容。

一坐上顧采誠的悶車，我邊扣安全帶邊發牢騷，「下次你把我丟在路邊，就不會像現在這麼尷尬了。」

他笑說著，「沒關係啦，我媽的個性就是這樣。」

我懊惱地托著下巴，看著窗戶。還在誇口自己的酒量有多好，喝多了一樣掛，眞的不能再放縱自己每次都喝這麼多了。

「欸陳欣怡，妳要不要吃早餐？」他問。

我搖了搖頭，「不用了，沒有時間。」到了宿舍門口，我以最快的速度下車，連再見都沒說就衝回房間裡，用最短的時間洗了澡，換好衣服，拿了化妝包打算在計程車上化妝。

沒想到，下樓走出大門，顧采誠那台顯眼的悶車還在那裡。他看到我出來，搖下車窗叫我，「欸陳欣怡，快上車！」

我沒有時間多想他爲什麼還在，只好衝上車。關上車門後，我馬上拉開化妝包，拿出小鏡子和粉底液開始準備化妝。

顧采誠嘆了一口氣，然後靠近我，伸手從我後面把安全帶抓過來，貼心地幫我扣上，還講了一句，「欸陳欣怡，妳是第一個在我車上化妝的女人耶。」

我沒有回答他，繼續化我的妝。我突然想到什麼，停下動作看著他，「我要去新光三越你知道吧？」

他很無奈地點點頭，「知道啦！妳眞的把我當司機耶。」

我還是沒有回答他，繼續上眼影，十分鐘後終於完成了。我開始收拾化妝用品，結果粉底液的蓋子沒關好，不小心掉了，滴了幾滴在車子的踏墊上。我忍不住叫了一聲，「啊！」

顧采誠看到，馬上崩潰大吼，「陳、欣、怡，妳爲什麼要這樣對我？」這是他第一次好好地叫我的名字，只是音量大到我耳膜要破了。

「好啦，幹麼那麼凶，用衛生紙擦一下就好了啊！」我抽了面紙打算擦的時候，車子已經停在新光三越門口了。

顧采誠馬上停車，拿走我手上的面紙，「妳快去忙，我來整理就好。」

「你確定？」我忍不住問。

他額頭的青筋都浮了起來，「我非常確定。」

「好吧！感謝你喔，我再找時間請你吃飯！」不到兩秒我就下了車，往新光三越裡面衝。還好我走到櫃位時，展示櫃裡的手錶全部顯示著十一點五十五分。

大大吐了一口氣，我終於可以不用那麼緊繃了。

專櫃小姐向我請了三個小時的假，她要陪媽媽去醫院複診。我讓她快去，把事情完成再回來就好，不用著急。服務業的辛苦，我也很明白的。

沒想到，星期五下午人潮愈來愈多。我忙得不可開交，因爲不熟悉商品的庫存位置和結帳方式，前一個小時，我幾乎都在團團轉。後來比較上手了，我隨即能夠熟練地接待客人。最後，沒想到短短三個多小時我賣了八支手錶。

專櫃小姐回來和我交接時一直道謝。其實，賣東西眞的是靠運氣，我曾經三天沒有開市，也曾經一天賣二十幾支手錶。專櫃小姐的心臟都要比別人大顆才行，忙了一整天還業績掛蛋，眞是常有的事。

和專櫃這位同事交接完，我詢問了她媽媽的狀況。她說因爲媽媽最近情緒和身體都有很大的變化，常常易怒、睡不好、吃不好，原本以爲媽媽生病了，結果看醫生才知道媽媽正進入更年期。

原來媽媽還得面臨更年期這一關,我從來都不知道這件事。

那我媽呢?有人陪她去看醫生嗎?

爲了不想面對家裡那種陌生的氣氛,我搬出來住之後很少回家,過年過節是服務業的大日子,我更不可能放假,久久回去住一個晚上,也沒能和爸媽講上幾句話。平時幾乎不會通電話,偶爾有我的信件,爸媽才會來電告訴我。

沒想到我和爸媽疏離了這麼久。

下午,離開百貨公司,我坐在計程車上想到這件事,難過得紅了眼眶。看著窗外,我努力不讓眼淚流出來,因爲會出現這段距離,我似乎沒有掉眼淚的資格。很想打電話回家,對媽媽說一句「妳好嗎」,可是我卻退縮了。

帶著複雜的心情來到設計館,看見顧采誠拿著 ipad 和劉佳佳靠在一起,兩個人不知道在看什麼,笑得很開心。我當做沒有看到,走到自己的櫃位,開始整理櫃上的事務。

就這樣過了一個小時,他們兩個也說說笑笑了一個小時,這時才發現我在這裡。顧采誠開心地看著我,「欸陳欣怡,妳來了喔!」

「嗯。」我不是很情願地回答。

劉佳佳走到我旁邊，拿了一疊資料遞過來，「欣怡姊，設計館再過幾天就要開幕了，我們策畫一個在這裡尋寶的活動，裡面有一些廠商贊助的辦法和相關活動，可能要麻煩妳和公司討論一下，下星期五前可以給我回覆嗎？」

我接過資料，點了點頭，「我這幾天會和老闆討論一下，盡快給妳回覆。」

佳佳微笑著，「眞的麻煩妳囉！」

「不會，應該的。」我也很客套地回答。

接著，劉佳佳說她還有事要忙便離開了。我繼續工作，顧采誠則是又晃到我們櫃上，在我旁邊晃來晃去，晃到我的頭都要昏了。

「你如果想散步，爲什麼不去樓下？還可以順便衝一下銷售量。」去逛街啊，幫助一下百貨業績不是很好嗎？

他突然走到我面前，「欸陳欣怡，妳幹麼心情不好？」

我面無表情地說：「我心情很好。」

「最好心情很好的時候臉還會這麼臭。」他繼續說。

我被他惹到心煩意亂，忍不住大聲起來，「你沒看到我在忙嗎？你可不可以不要來煩我啊？」

他嚇了一跳，默默說一句，「喔！」接著退到他自己櫃上，又拿起那台 ipad 在那裡滑來滑去，一臉小媳婦受委屈的表情。

好吧！我必須承認自己真的太情緒化了，害他掃到我的颱風尾。但今天睡過頭，我工作進度已經落後很多了。在心裡嘆一口氣，我又繼續工作，一直到百貨公司要打烊了我才停下來。一抬起頭，顧采誠又在椅子上睡翻了。

我走過去叫醒他，「你要繼續睡嗎？要打烊了。」

他雖然張開了眼睛，但是臉上仍舊寫著「我想睡」三個字，「那你繼續睡吧！我要先走囉！」

他馬上清醒過來，跟在我身後。那一瞬間，我真心覺得自己好像媽媽。

在電梯裡，我本來想向他道歉，今天下午對他實在太凶了。才剛要開口，電梯就正好停在三樓，門一開，劉佳佳和同事走了進來。看到我們，很開心地打招呼。

「你們該不會忙到現在吧？」她驚訝地說。

我笑著點點頭。

「好辛苦喔！對了，我們要去吃消夜，一起去吧！」劉佳佳提議。

顧采誠精神馬上來了，「好啊，我肚子快餓扁了，欸陳欣怡，一起去啊，妳不是也還沒吃東西？」

「不了，我很累，想早點回去休息。」我眞的很餓，但我不想跟他們一起去吃飯。不要問我爲什麼，就是不想。

叮！電梯到了一樓，我第一個走出電梯，回頭對他們說：「我先走囉！晚安，明天見。」

接著我迅速往前走，假裝沒聽見顧采誠在後面喊我的名字。攔了一台計程車，坐上去之後，我竟然開始討厭自己。我爲什麼要這樣？這種矛盾的心情到底是哪裡來的？又到底是爲了什麼？

回到宿舍，我還是不懂爲什麼。梳洗完，我假裝肚子不餓，上床躺好，假裝可以睡著，閉上雙眼卻不停地翻來覆去，不知道翻到第幾萬遍了才睡著。

隔天，不到八點我就醒來了。我懷疑自己到底有沒有睡著。從外套口袋拿出手機，才發現手機這麼安靜居然是因爲沒電了，我插上充電器，按下電源，十分鐘之後，我的手機除了幾個 app 的程式更新通知之外，沒有任何未接來電或是簡訊。

不知道爲什麼，我心裡有一點點失落。

爲了逃避這種心情，我拿了些髒衣服準備去洗。一張名片從衣服口袋掉了出來。我蹲下來，看著那張名片發呆。

我猶豫著要不要把這張名片丟掉，我應該要丟掉。丟掉這全部的一切，重新思考我的人生。可是心裡還是留著那個疑問——他爲什麼要消失？我嘆一口氣，撿起那張名片，我知道我必須自己去找到那個答案，否則這一切還是會如影隨形地跟著我，和我一起生活。背著這些生活了八年，我眞的累了。

也許我也可以像過去那樣，假裝自己已經遺忘了那些。但事實上，只是自己用來安慰自己沒事的手段，有沒有事？最清楚的永遠是自己。

拿起手機，把手機號碼設定成不顯示。我撥給張富強，他並沒有梁紹翔的電話，只是聽朋友說，他在北投開了一間溫泉飯店，叫香舍春天。我向他道謝，然後結束通話。

謝謝他，但是如果要遺忘過去，切割是第一步，切割所有和梁紹翔有關的人、事、物。

整理好自己，我依然是照著老行程，先到新光三越和 SOGO 百貨巡櫃點。目前 SOGO 在做年終慶，所以除了原本的兩個專櫃人員外，我還請了一個工讀生幫忙。面對洶湧人潮，人手如果不夠，業績是衝不上去的。

「督導，謝謝妳喔！」小珍突然向我道謝。

我不明白地問：「謝什麼？」

「每次年終慶，我和小瑄都忙到沒辦法休息，還好這次請了工讀生幫忙拿貨什麼的，接待客人比較順。」我在高雄的櫃點通常也只有我一個人排班，休假時，會請代班的工讀生妹妹。但有時候做活動自己忙不過來，我還是會花錢請工讀生。花一點錢，可以創造的業績可能是自己一個人獨撐的好幾倍。

當然，如果不是自己經歷過，又怎麼會知道這訣竅？經歷是智慧成長的第一步。那麼，從過去的那些經歷，我又得到了什麼智慧？

我最近是不是太多愁善感了？

離開 SOGO，前往設計館。目前裝潢的進度已經完成了三分之二，新人也到高雄總公司去上課七天，之後會回台中接設計館的這個櫃點，我就可以比較輕鬆了。

忙了一個早上沒有吃東西。來台中後，我的三餐比在高雄時還要不正常，今天也忘了喝豆漿，難怪我現在會這麼餓。

決定先到美食街吃點東西再上樓整理。點了一份韓式拌飯，在找位置坐的時候，我聽到有人在喊我的名字。

是劉佳佳，她笑著對我揮手，示意我過去坐。我走了過去，沒想到顧采誠也在，就坐在劉佳佳對面。我走到劉佳佳旁邊，坐下。

顧采誠笑著對我說：「欸陳欣怡，妳巡完櫃點了喔？」

看到他的笑容，不知道爲什麼，我就是覺得心情很差。隨口答了一句，「嗯。」

我開始吃飯，他接著和劉佳佳討論車子的事情。沒想到劉佳佳對跑車也有研究，兩個人還翻著汽車雜誌討論得很開心，而我一句話都插不上。車子能跑就好，我根本不在乎它有沒有翅膀、馬力多少。

不知道的人，肯定會以爲我們根本不認識，只是剛好同桌吃飯。沒辦法，一張飯桌兩個世界。

「欣怡姊，妳慢慢吃喔！我還有事要先去忙了。顧大哥，謝謝你借我的雜誌，我看完馬上還你。」她拿著那本雜誌的模樣，好像我拿著酒的心情，很爽。

她離開後，我和顧采誠也沒有講到什麼話。過了一下，他突然離開位置。我想他是吃飽了，正好清潔的阿姨在收拾桌面，我請她順便把他吃剩的食物整理一下。沒想到清潔阿姨剛走，顧采誠又回到位置上了。

他遞了一杯熱飲給我，「欸陳欣怡，熱巧克力。」

我抬起頭，不明白這杯飲料的意義。他看著我說：「妳不是生理期嗎？喝點巧克力可以讓心情好一點。」

「誰跟你說我生理期了？」我說。

「妳的表情就一臉生理期來的樣子啊，看起來心情差勁得不得了。昨天晚上要約妳去吃消夜，妳跑那麼快幹麼？」他抱怨。

「我生理期上個星期剛過好嗎？而且昨天我眞的太累了，不想出去。你和佳佳他們去吃就好了啊！」我說。

「不要，又不是很熟。」他接著說。

那剛剛兩個人在這裡聊天是聊什麼意思？講得這麼開心，以爲我瞎了嗎？「不然我們兩個又有多熟？」我忍不住回他。

他想了一下，接著說：「我們兩個很熟啊，我知道妳的祕密，妳也知道我的事啊！」

「我知道你什麼事了？」我很疑惑。

他一臉不可思議地說：「欸陳欣怡，我從來沒有讓別人知道我交過幾個女朋友，連我妹都不知道，妳是第一個。」

他講得好像全世界只有我知道他的情史，但事實上我根本沒有注意在聽他那些故事。他交過幾個女朋友，而且是很多個，反正都分手了，我記那麼多幹麼？

「妳該不會都沒有在聽吧？」他一臉受傷的表情。

「有啦，我有在聽啦！」只是沒有在記而已。

他不相信，還想繼續問些什麼時，他手機響了，「喂，媽，怎麼了？」我想起了那位漂亮又親切的顧媽媽。

「妳等一下，我問看看。」他把手機拿到一旁，看著我說：「我媽請妳晚上去我家吃飯。」

我馬上搖頭，這不是太奇怪了嗎？

他把電話又靠到耳邊，回答著，「媽，她說不要。」

我一整個驚慌失措。這個人是不會好好講話嗎？至少也說一下「因爲她還有事要忙」，或是其他禮貌一點的理由來拒絕。直接這樣講，好像我很大牌一樣。我忍不住瞪了顧采誠一眼。

他無辜地看著我，「不然妳自己跟陳欣怡說。」接著就把手機塞到我手上。

我急著將手機還給他，結果他把手伸得老遠，我只好認命地拿起手機，然後帶著微笑向電話那頭的人打招呼，「伯母，妳好。」

親切的聲音在我耳旁響起，「欣怡啊，晚上來我們家吃飯，采雅也會回來喔。我做了很多菜，下班後，叫采誠帶妳一起回來嘛。」

「伯母，不用了啦，真的，這樣很不好意思，而且……」

我話還沒講完，顧媽媽就打斷我，「有什麼不好意思的，我聽采誠說妳是自己來台中出差的，每天都外食，一定沒有好好吃飯。反正我今天剛好有空，做了一點菜，妳就過來，顧媽媽幫妳好好補一下。不然妳家人都在高雄，沒人照顧妳。」

我真的找不到任何拒絕的理由，也說不出任何一個「不」字，她的聲音是這麼有誠意，是真的關懷我。我只好答應了，「好，謝謝伯母。」

「客氣什麼？都自己人嘛，欣怡啊，妳喜歡吃什麼水果？顧媽媽等等再去買一些，女孩子家出門在外，一定沒有好好吃水果。水果對女生很重要……啊，我去買點櫻桃好了，采誠說妳最近好像很累，櫻桃有維生素C還有鐵質，可以增加抵抗力，還能促進血液循環。」

「謝謝伯母。」

聽著顧媽媽說的每一個字，我想起了準備聯考那一年，我媽每天都會準備三種以上的水果給我吃，晚上還會幫我準備簡單的消夜。她總是笑著跟我說，媽不需要妳多會念書，但媽媽一定要妳漂漂亮亮的。我準備的食物都算過熱量，妳放心吃，好好吃，不但不會變胖，還會變漂亮。

可能是我年輕時媽媽把我的身體照顧得很好，所以我不常生病，而且幾乎沒長過痘痘，連一般女生身上常犯的生理痛，我也從來沒有發生過。這幾年來，即使我熬夜喝酒三餐不定，也都健健康康的。

顧采誠接過電話，和顧媽媽繼續聊天。我則是低著頭吃飯，心裡不禁想念起我的爸媽。最後一次看到他們是在半年前，連到台中出差我也沒跟他們說。他們就我這麼一個小孩，應該很寂寞吧。

顧采誠突然打斷我的想念，掛掉電話後問我，「我的飯呢？」

我抬起頭，納悶地說：「你不是吃飽了嗎？我讓阿姨收走了。」

「我哪有說我吃飽了？我只是先去買熱巧克力。欸陳欣怡，妳很過分耶。」他委屈地抗議著。

我只好把熱巧克力遞到他面前，「不然這個請你喝。」

他沒好氣地看了我一眼，拿起巧克力喝了一口，「這明明就是我買的，最好是妳請我。」

我很敷衍地對他笑一笑，低下頭，繼續吃我的飯。他接著說：「等等我要先回公司開會，開完會我再來接妳。」

「你如果很忙，可以給我地址，我自己坐計程車過去就好了。」我很貼心地說。

他突然很認真，「欸陳欣怡，妳是不是眞的很討厭我的車？妳知道那台車有多貴嗎？妳知道那台車有多少人想坐嗎？妳爲什麼要一直欺負它？」

「我哪裡欺負它了？」我也認眞地回答。

然後他看著我，一句話也不說。我自己知道理虧，我是不小心拿眉筆在他車上寫字，我是不小心打翻了粉底液，這些都是不小心的，我只有眞心覺得它囧，除此之外，我眞的沒有欺負它。

「人家佳佳就很識貨。」他講了這句話，讓我火氣莫名冒了出來。

「對，佳佳最識貨，佳佳最棒了，反正佳佳就是你的菜啊！」個子高、長得漂亮，看起來又很溫柔，就跟他前女友們一樣。

他笑著說：「欸陳欣怡，妳愈來愈懂我了。」

這句話的意思，是在承認他喜歡佳佳嗎？放下筷子，我失去胃口，拿了皮包就離開座位。他在我身後喊著，「我來接妳就好了。」

一整個下午,我都不知道自己做了什麼,跟譚宇勝開會時也答非所問。他叫我要好好休息,但天知道我根本不曉得自己哪裡生病了。

開完會,我回到櫃位撥了一通電話回公司找老闆,和他討論剛剛開會的結果,還有一些開店前要準備的雜項。

「欣怡,辛苦妳囉!害妳離鄉背井,幫我跟妳爸媽說聲不好意思。」老闆也不知道我的狀況,我心虛地笑了笑。

「妳提出的這些,我會再想一下,晚點整理好我寄 email 給妳,再給妳電話。」

「好。」我說。

「對了,我早上和惠如通過電話,她恢復得很好,本來還擔心妳可能還得在那裡多待一個月,現在應該是不用了。但是她回公司的準確日期沒有定,所以這一陣子還是要麻煩妳了。」

「好。」我終於意識到,我還是要回高雄的。

撇開那些煩人的情緒,我拿著電話,看著家裡的電話號碼發呆。我打電話回家要說些什麼?爸媽又會怎麼反應?

我不知不覺按了撥出鍵,鈴聲響了幾次後媽媽接了起來,我突然不知道要怎麼反應，很僵硬地說了句，「媽，我是欣怡。」

媽媽在電話那頭也愣了一下，很不熟悉地回答著我，「嗯？」

「那個，我最近這幾天在台中出差……」我莫名其妙地說。

電話那頭沉默了幾秒，聲音有點哽咽，「好好照顧自己。」

「好。」我掛掉電話，跑到洗手間哭了整整半個小時。為什麼我和爸媽之間變得這麼遠？這段距離是我自己拉開的，當我開始封閉自己時，他們是用什麼心情在旁邊看著，焦慮著？想到這裡，眼淚又掉得更凶了。

這幾年，我到底在幹什麼？

坐在洗手間裡沉澱一下，心情平靜後才回到櫃位。沒想到，顧釆誠已經在那裡等我了。

「欸陳欣怡，妳去哪裡了啊？手機也不接。」

「我去上廁所，手機在桌上啊。」我沒有帶手機進廁所的習慣。

「妳眼睛怎麼腫腫的？」他的手突然捧起我的臉，他的臉也瞬間在我眼前放大。

我急忙掙開，這個動作太曖昧了。「沒有啦，想睡覺。」隨便給了個答案。

「妳除了喝酒跟睡覺，都不能想點別的嗎？」他吐槽我說。

我很認眞地回答他，「不能。」

他挫敗地說：「算了，妳是台大高材生，我說不過妳。」

我自嘲，「我不是台大高材生，我是台大休學生。」台大兩個字，有多久不曾從我口中說出來了？原以爲很難，沒想到出乎意料地輕鬆。

他笑了笑，接著說：「走吧！」

「去哪裡？」

「欸陳欣怡，妳不要忘了答應我媽要去我家吃飯，都快六點半了。」他一臉覺得我很誇張的表情。我沒有忘記好嗎？只是不知道已經這麼晚了。

和他一起離開，坐在他的冏車上，我竟然有點緊張。

「你覺得我這樣空手去好嗎？」爸爸從小就叮嚀我，去人家家裡作客，一定不可以兩手空空，這樣很沒有禮貌。

「欸陳欣怡，只是去我家吃個飯，又不是要去提親，不用注重那麼多禮節好嗎？」

我瞪了他一眼，「你以爲每個人都跟你一樣隨便嗎？」

他無辜地看著我，「我不隨便很久了。」

我笑了出來，不經意看到車上的螢幕還留著「停車」兩個字，而我腳上踩著的踏墊，也殘留兩個十元銅板大小的粉底液痕跡。

「你眞的不處理你的車嗎？」我問。

「想處理啊，但想到妳會繼續破壞它，我也懶得處理，看它還可以髒到哪裡去。」

他一副認命的語氣，這句話卻在我心裡掀起了好大的波浪，這句話的想像空間太大了。

到了他家，他都還沒停好車，我就因爲太緊張，沒注意車門和圍牆的距離，太豪氣地按下開門鍵。車門往上掀開時，因此被圍牆刮出了一片痕跡。

他看著我，什麼話也沒說，我急忙道歉。

原本以爲他會再度崩潰地大吼我，沒想到他居然淡淡地說聲，「算了。」

「你去修理，帳單我來負責。」我很眞心地說。

他沒有理我。停好車，我們要進屋裡時，他居然完全沒有去看車子的刮痕。我緊張地問：「你不看一下嗎？」

他無奈地搖搖頭，「我怕我會哭。」

他眞的愛他的車，這種愛的程度，絕對勝過他對眾多前女友們的愛。看到他哀傷的臉就可以證明這一切，我眞的很抱歉。

進客廳時，顧媽媽和顧爸爸站在玄關，一看到我進來，顧媽媽馬上遞了雙室內拖鞋給我，害我很不好意思，「伯母，我自己來就好了。」

顧媽媽笑得非常燦爛，「沒關係，反正我們快要變成一家人了啊！」

我和顧采誠同時露出疑問的表情，他則是開口說：「媽，妳在講什麼啊？妳這樣會嚇到陳欣怡喔！」

顧爸爸難得開口，表情很興奮，「你媽媽是太高興了，怎麼你們下個月要結婚的事，還是安琪的媽媽來電話跟我們說，我們才知道的。」

安琪？記憶襲捲而來，我想起來了，她就是那天在吃麻辣鍋時，那個無骨巨型娃娃啊，那次只是爲了救顧采誠亂講的，沒想到現在會鬧成這樣。

「伯母，那個只是玩笑，我和采誠眞的只是普通朋友。」我急忙解釋著。

「欣怡，妳說我們什麼時候去拜訪妳爸媽比較方便？妳的家人都在高雄，到時候我們的喜酒是不是台中辦一場，高雄辦一場？」顧媽媽拉著我的手走進客廳，完全不聽我的解釋。

我看著顧采誠，希望他說點什麼，他卻湊到我耳邊說：「我媽活在自己的世界，等等轉移話題就好了。」

我不是很相信地看著他。還好這時候采雅回家了，向我打了招呼，「哈囉，欣怡，我今天準備了一支很好喝的紅酒喔！我哥說妳也很會喝，等等吃完飯我們來喝一杯。」

我開心地點點頭。

顧采誠問著采雅，「怎麼只有妳一個人？子維不來嗎？」

采雅笑著說：「因爲有你啊，怕你帶壞子維，只好隔離你們囉。」

「顧采雅，妳這樣對待自己哥哥對嗎？」顧采誠氣急敗壞地吼著。

顧媽媽出面緩頰，「你別被你妹糊弄了，子維到上海出差，後天才會回來。」

采雅得意地朝顧采誠笑。看著這麼和樂融融的一家人，我忍不住又想：只有我一個女兒的爸媽，這幾年是怎麼生活的？

「好了，吃飯了！」顧媽媽拉著我走到餐桌旁，讓我坐在她旁邊。

看到滿桌子的菜，我的心卻糾結得想哭。

顧媽媽舀了一碗湯給我，「欣怡，這個山藥雞湯是我從早上開始燉的，很好喝，妳多喝一點。我覺得妳太瘦了，自己住在外面，三餐一定要照時間吃，這樣才會健康。」

我接過來，感動地說聲謝謝。

「對了，我剛進來的時候，看到你的車門有一片刮痕，你是不是和人家擦撞了？」采雅看著顧采誠說。

我差點被湯嗆到。

顧媽媽緊張地說：「兒子，就跟你說不要開這種跑車了嘛，又不安全。你有沒有怎樣啊？」

顧采誠把口中的食物吞下去，慢慢地說：「我沒有跟人家擦撞好不好，刮痕怎麼來的，你們要問在喝湯的那個啊！」

這下子，視線全部落在我身上。我很不好意思，「我剛才開車門不小心刮到的。」

顧媽媽和采雅開心地大笑，還鼓掌叫好。現在是發生什麼事了？

「如果你們知道她還在我車裡的螢幕上寫字，還讓化妝品弄髒腳踏墊，妳們應該會去放鞭炮吧。」顧采誠心酸地把我的事蹟講出來。

采雅樂得過來抱了我一下，「欣怡，我眞的欣賞妳。我哥對那台車比對我還好，我對那台車有意見很久了。」

「對那台車我是沒有意見啦！只是長得有點囧，不太好坐，其他是還好啦！」我很認眞地說出我的看法。

顧媽媽馬上附和我，「眞的，每次坐那台車，我都不知道要把腳放在哪裡，穿裙子的時候，下車眞的很不方便。」

「欸陳欣怡，好歹它也爲妳服務過好幾次，妳不應該幫它說點話嗎？」顧采誠很不爽地說。

「它就是一台車嘛！可以開就好啦！是要幫它說什麼話？」我不自覺露出我的本性。每次都爲了那台車爭半天，他眞的不會膩耶。

顧采誠放棄了，默默端起飯繼續吃，又露出一副小媳婦受委屈的樣子。

顧媽媽接著說：「欣怡，我們采誠雖然看起來不是很正經，但他也沒有讓我擔心過什麼，工作上也沒讓他爸操心。」

我忍不住笑出來，被自己媽媽說「不是很正經」不知道是什麼感覺。

「雖然他交過很多女朋友……呃，也不是很多啦，我知道的只有幾個……」顧媽媽繼續說，還講出他交女朋友的事，說了才察覺似乎不應該在我面前講到這個，講到一半停了下來，看著我，好像在忖度著要怎麼把這句話變成讚美。

可是眞的不用麻煩。

我接著說：「上次他在說的時候我只聽到第八個，後來我就睡著了。」我不知道爲什麼顧采誠這麼喜歡和人家分享他的戰績，像我是從來不說的，因爲我自己也搞不清楚。

「欸陳欣怡，妳承認了喔，承認妳都沒有專心在聽我講話喔。」他抓到我的小辮子，理直氣壯了起來。

看到他那囂張的模樣，我又忘了長輩在場，冷冷地說：「那種沒意義的話有什麼好專心聽的？你下次可以跟我說你一天做了多少好事，我一定會幫你拍拍手。」

此話一出，除了我和顧采誠，其他三個人都鼓掌了。

我尷尬地笑了，怎麼可以在人家爸媽面前罵他們的兒子，還這麼臉不紅氣不喘的。我眞心感到抱歉。

顧爸爸接著說：「欣怡啊，妳說得眞對，采誠交女朋友的企圖心，如果能用一半在工作上，我就眞的要謝天謝地了。」

顧采誠反駁，「爸，你這樣說就太沒道理了喔！你交代的事，我有哪一樣沒做好的？公司的業績也沒有掉過啊！而且你叫我自己一個人去處理新品牌的事，我從面試員工到櫃位整理都親自來耶。」

「對，我交代的事你都做好了沒錯，我沒交代的事，你就都當做沒看到。」顧爸爸搖了搖頭。

「爸，公司又不是只有我一個人，各司其職嘛，我把該做的事做好不就好了嗎？」

顧采誠對工作的想法跟我滿像的。

整頓飯下來，吃得最不開心的我想肯定是顧采誠了吧！他一直被攻擊，但他都沒有生氣，痞痞地笑著就拗過去了。

吃完飯後，顧采誠和顧爸爸在客廳看電視，我們三個女人繼續留在餐桌喝著紅酒聊天。

采雅趁顧媽媽去洗手間時，坐到我旁邊來，「欣怡，妳眞的和我哥在一起嗎？」

我笑著搖搖頭，「當然沒有，我們眞的只是朋友。」

采雅鬆了一口氣，「我哥這種人只適合當朋友，談戀愛的話，妳一定要小心注意，不要受傷了。」

我老實說：「如果眞的和我在一起，會哭的人是他吧。」顧采誠是我少見好欺負的人，與其說他花心，倒不如說是他這個人不知道怎麼拒絕，對女孩子都很好，條件又不錯，難怪人家要黏著他。

采雅看了我一眼，笑著說：「目前看起來好像是這樣子，動了他的車還能夠安全活著，妳眞的算是奇葩。而且我哥眞的從來沒有帶過女朋友回家，就連女性朋友也沒有誰來過我們家，妳是第一個，也難怪我爸媽對妳的態度這麼特別。」

我苦笑了一下，「拜託妳有空跟伯母解釋一下，她現在眞的以爲我們在一起了。」

采雅摟著我的肩膀，嘆一口氣，「其實我也滿希望你們在一起的，我覺得你們應該很適合。光可以剋住我哥這一點，就比那些女生強多了。」

「我不是妳哥的菜啦，妳哥喜歡身材高眺又漂亮溫柔的女生，光是身材，我就不符合妳哥的標準了，更別提我說話老是惹他生氣。」我知道劉佳佳才是顧采誠的理想型。

「很難講喔，愛情這種東西，不是你喜歡哪一盤菜就能成，而是有沒有剛好合你胃口。」她很有經驗地說。

顧媽媽從洗手間出來，突然走到我旁邊，把我拉到客廳，帶到顧采誠身邊，對著他說：「人家欣怡來我們家玩，你也帶她去你房間坐一坐啊，一直在這裡看球賽，你都不怕人家會無聊喔！」

然後把他從沙發上拉起來，趕我們兩個上樓。我對這幕眞的哭笑不得。

上次時間眞的太匆促，沒有好好注意過他的房間，現在一走進顧采誠的房間，才發現這房間布置得很簡單，以灰藍色調爲主，充滿幹練的都會味道。除了一旁透明櫃裡的一堆跑車模型透露出他很幼稚之外，房間的風格我還滿喜歡的。

他很想看球賽的樣子，我把書桌上的搖控器遞給他，「你看你的電視，我做我的事。」

他感激地看著我，開了電視，躺在床上繼續看球賽。我則是坐在他的書桌前，拿出劉佳佳那天給我的資料看著，想著可以促銷哪一款手錶。電視轉播球賽的聲音並沒有影響我的進度，我想了四種活動方案，應該可以搭配設計館的活動一起做。

想得正認真時，手機響了。我接起來，是老闆打來的電話。

「欣怡，那個活動的內容我訂出了幾個原則，檔案寄到妳信箱了，如果妳有好點子，我們可以再來討論。」

「老闆，我正好想了幾個方案，你現在不忙的話，我們先討論一下。」我說。

「好，妳說。」

我告訴老闆我的想法，他也很認同。二十分鐘後，設計館的活動和促銷商品特惠組合就全部都敲定了。

「欣怡，就照妳說的這樣做吧！我覺得很好，沒有問題。對了，我剛抽空看了一下報表，台中這兩天業績都很不錯，謝謝妳啦！等妳回高雄，再請妳吃香的喝辣的。」老闆開玩笑地說。

「不用了，我怕拉肚子，嘿嘿。」假笑兩聲之後，我想起一件重要的事，「對了，老闆，可以的話，明天我想休假一天，我有事情要去台北處理一下。」

老闆很阿莎力地答應了，「沒問題啊！休兩天也可以，反正進度都在掌握中，妳自己看著辦。」

掛掉電話，我整理桌上的資料，突然有一道聲音離我很近，「欸陳欣怡，妳去台北幹麼？」

我嚇了一跳，回過頭，顧霂誠就在我身後。他怎麼走路可以這麼無聲無息？「我會被你嚇死，我去台北有事啊！」

「什麼事？」他繼續問。

「你眞的很像女人耶，比吳小碧還像女人。」怎麼會這麼婆婆媽媽？

「欸陳欣怡，我是關心妳耶，妳又不是回高雄，妳是去台北，我當然會擔心妳去台北是不是要去找那個人啊！」他直接地說。

反正我的事他也很清楚，我誠實地點了點頭，「我就是要去找他。」

他看著我，一臉驚訝，「妳想跟他復合嗎？」

我沒好氣地瞪了他一眼，「我只是想去問他當初爲什麼要消失，爲什麼一句話都沒交代就這樣不見了。」

「如果他的理由很好，求妳原諒他，妳會再接受他嗎？」

我直接回答，「不會。」八年了，我想出走那個陰影，而不是再次回到那些不堪。

他看著我，眼神很複雜，我竟不自覺地開始安撫他，「我只想去知道一個答案而已。」

「欸陳欣怡，妳要加油。」他的語氣很平常，這句話卻讓我很感動。我會加油的，爲了我自己。

事實的眞相，永遠都要靠自己去發掘，不管那個眞相會有多狼狽，那都是我人生的一部分。

剛回到宿舍，打算好好洗澡睡一覺，吳小碧就來了奪命連環 call。我去上廁所時，電話響了三次。

我回撥，接通後隨即抱怨，「妳打一通就好了，我會回妳啊！」

吳小碧在電話那頭說：「我怕妳在睡覺啊！」

「如果我眞的在睡覺，妳還打那麼多通，這樣妳不會覺得不好意思嗎？」這什麼邏輯啊？

「我什麼時候不好意思過了？」她回。

也是喔。

「妳最近在忙什麼？為什麼都沒打電話給我？怎麼都不約我出去？我很無聊耶。」吳小碧講這是什麼話？是她住台中，她才應該要約我出去吧！

「那妳怎麼都不約我？」我說。

她在電話那頭突然大笑，像瘋子一樣。我開始擔心，「是不是譚宇勝要跟妳分手，所以妳現在精神狀況很不穩定？」

「我約妳，妳會有時間嗎？不是都跟那個顧先生出去嗎？呵呵呵，不要忘了，我可是有一雙眼睛在盯著妳喔！」我當然知道她說的眼睛是誰，不就是譚宇勝。

「妳很三八耶！」她的笑聲眞的有夠刺耳的。

她沒理我，繼續一直笑，「哪裡三八，你們結婚的話，我要當伴娘。」

如果我陳欣怡再繼續跟她講下去，我就是神經病，需要先去看心理醫生。所以我很果斷地掛斷電話，懶得理 What's App 收到新訊息的鈴聲一直響，反正一定又是她在罵我「妳很賤」之類的吧！

不知道是不是太累了，洗完澡擦完乳液，我躺在床上，不到一分鐘馬上睡著了。這個晚上我又夢見自己回到森林，和那些可愛的花仙子玩耍。

隔天早上，我心情很平靜地換了衣服，穿上外套，拿著包包下樓，準備去面對梁紹翔。從來沒想過我還有面對他的一天，但最令我自己意外的，是我這顆和平常一樣穩定跳動的心臟，跟我要去上班的感覺沒兩樣。

怎麼我會這麼冷靜？

讓我不冷靜的，是我下了樓，出走大門，竟然看到顧采誠就站在他的冏車旁邊。

我驚訝地走過去，「你在這裡幹麼？」

他抬起頭，一臉想睡的樣子，「欸陳欣怡，昨天我不是傳訊息給妳說我會來接妳，妳都沒看到嗎？」

我搖搖頭，我以為是吳小碧傳的，所以都沒有去看。

他無奈地瞥了我一眼，「好啦，快上車。」

上了車，我不知道心裡湧起那股悸動是什麼，它好陌生。

到了高鐵站，我說自己進去就可以了，顧采誠卻回答我，「欸陳欣怡，妳又沒有坐過高鐵，妳會買票嗎？」

我眞的會被他氣死，「我看得懂字好嗎？」

但他還是硬要跟著我，陪我買票。我刷票進月台，他站在外面看我，揮著手對我說：「欸陳欣怡，妳要好好照顧自己！」

我忍不住笑出來，這個人是以爲我要去當兵嗎？我對他點點頭，然後走進月台等車。我第一次坐高鐵，覺得好新鮮，沒想到在高雄安逸過日子時，外面的世界居然變了這麼多，還有自由座這種方便的選擇。

車子進站，我在自由座的車廂挑了個位置。因爲是非假日，人並不多，車廂內只有十幾個人。不到兩分鐘，車子開始動了，速度好快，但好安靜，眞的很舒適。

我看著窗外發呆，猜測著梁紹翔會說出什麼理由時，突然有個人在我旁邊坐下。我有一點不爽，位置明明還這麼多，爲什麼一定要來跟我擠？想站起身換位置時，發現那個人居然是顧采誠。

「你怎麼會在這裡？」我驚訝得差點咬到自己的舌頭。

他看著我，語氣很冷靜，「欸陳欣怡，我還是覺得不放心，想一想還是陪妳去好了。妳那麼久沒去台北，還是要去找他，我覺得很恐怖，如果妳又像之前那樣發生什麼意外，我怎麼對得起自己的良心？」

「不可能會發生什麼意外好嗎？」我說。

「反正我就是要陪妳去。」他很堅持。

一路上，顧采誠吱吱喳喳的，比吳小碧還吵。他本來還想繼續說他和前女友們的故事，我故意閉上眼睛假裝睡著，因爲我實在懶得聽，結果還眞的睡著了。

「欸陳欣怡，妳是豬喔！到台北了，起來了啦。妳怎麼那麼好睡啊？」他的聲音在我耳邊喊著。

我迷迷糊糊睜開眼睛，發現車廂裡只剩下我們兩個，嚇得我趕緊拉著他衝下車。

「史上最難叫醒的人，妳可以去參加金氏世界紀錄了。」他邊走邊消遣我。

我沒有理他，走到捷運賣票機前，確認坐到北投的路線。太久沒有坐捷運，我感到有點陌生。即使以前在台北待了三年，但時間一拉長，有很多東西還是會忘卻的。

可是顧采誠拉著我的手往外走。

「你幹麼？」他的舉動眞的很常讓我摸不著頭緒。

他拉著我說：「坐計程車就好了，我覺得妳現在需要一個可以安靜的空間。」

我眞的會被他笑死，他的個性怎麼那麼像女人啊？

上計程車，我把查到的飯店地址告訴計程車司機，他說了聲「沒問題」，接著就往飯店的方向前進。

看著這些我曾經熟悉的街道，如今已經和以前不一樣了。台北變得愈來愈漂亮，那我呢？看著車窗玻璃倒映出來的自己，我到底變得怎麼樣了？

顧釆誠突然重重嘆了一口氣，我好奇地轉過頭去看他。

「欸陳欣怡，妳會緊張嗎？我有一點。」他看著我，很嚴肅地說。

我忍不住大笑，這是傳說中的皇帝不急急死太監嗎？

「妳有必要笑成這個樣子嗎？」他一臉受傷的表情。

我慢慢停下笑容，好奇地問他，「你在緊張什麼？」

「我也不知道，就替妳緊張啊！」

我看著他，有一點感動，「你不用幫我緊張，我自己緊張就好了。」他已經幫我了很多很多，要不是他，我連找答案的勇氣都沒有。

他突然拍了一下我的手，「幹麼跟我客氣？」

就算我會緊張，也被他搞得忘記緊張了。有時候，眞的會被他這種女人個性打敗。

到飯店門口，我們下了車。北投的空氣冰冰涼涼的，還帶著一點香味。些許白霧籠罩著，感覺很浪漫。但這時候，我卻感覺到手心有點冒汗，心跳也開始加快。

他擔心地看著發呆的我，「妳還好嗎？」

我回過神，對他點點頭，接著抬起腳步走上階梯。自動門一打開，屬於梁紹翔的那一切，我又全都想了起來。

走到櫃台前面，服務人員很親切地詢問：「小姐，您好，有什麼需要爲您服務的嗎？」

我艱難地吐出，「請問梁紹翔先生在嗎？」

服務人員先是愣了一下，接著說：「小姐，梁先生外出，不確定他什麼時候會回來，需要幫妳留個訊息嗎？」

我搖搖頭，「沒關係，我在這裡等他。」接著，沒理會服務人員的眼光，我走到大廳坐了下來。顧采誠坐到我對面，一臉欲言又止地看著我。

但我沒有心情理會他的欲言又止。

日式風格的溫泉飯店，白色和咖啡色的元素交錯，還有好幾盆蘭花放在角落點綴，高雅大方。梁紹翔會開溫泉飯店我不意外，因爲他最喜歡泡澡了，以前一起住時搬了好幾次家，都是爲了要找一個舒適的浴缸。

每天最快樂的時間，就是他在房間的浴室泡澡，我躺在床上，躲在被窩裡，兩個人用那段時間聊著一天的經過，分享彼此的心情。雖然最後我總是先睡著，但是有個人分享情緒，是一件很幸福的事。

突然，顧采誠打斷了我的回憶，他站起身對我說：「欸陳欣怡，我出去外面走一走，妳結束後馬上打電話給我。」

我點了點頭，目送顧采誠走出門口時，有一個人剛好和他錯身而過走進飯店。看著那個人，我突然忘了怎麼呼吸。服務人員叫住了他，說了幾句話，那個人轉過頭來看著我。看著好久不見的他，我們凝視著彼此，卻不知道怎麼開口。

我該像老朋友一樣，對他微笑揮手，說聲「嗨，梁紹翔，好久不見」，還是走到他面前去呼他兩巴掌，發洩我這幾年來累積的憤怒？

我什麼都想做，但身體動不了。不知道過了多久，他才緩緩走到我面前。我發現他變了，以前總是充滿自信的雙眼，現在卻像是經歷了許多滄桑，變得黯淡無光，臉上也不再是意氣風發的神態，而是被世俗磨練過後的倦容，他看起來過得並不好。

「欣怡，妳好嗎？」他用慚愧的表情看著我。

我沒有回答。

他看著我，我也看著他，漸漸地，他的眼眶逐漸充滿淚水。他哽咽了一下，「我對妳……眞的感到很抱歉。」

「爲什麼消失？」我深呼吸了一口氣，緩緩地問著。

因爲他爸爸盜用公司的公款，金額不是小數目，事情被揭穿後，只能帶著他們全家到屏東躲債。「我曾經試著讓妳知道，但是知道了又能如何？不能改變事實，我沒辦法再給妳什麼，只能離開妳。」他的眼角流下淚水。

「我也知道妳一直在找我，但我只能狠下心，和所有人都斷了聯絡。」他一臉歉疚。

我看著他，過了好久才有力氣回答，「你至少可以告訴我，你給不起我未來。但因爲你無聲無息地消失，我連自己的未來都失去了。」

「對不起，欣怡，我眞的很對不起妳。那個時候，我不知道該怎麼做才是對的，如果時間可以重來，我絕對不會丟下妳。」

很可惜，時間永遠不會重來，而我也在八年前狠狠被你丟下了。

當他說著這些話，帶著愧疚的表情向我道歉時，我竟然一點感覺都沒有，就好像在講一個很久很久以前的故事，當書讀完，闔上的那一刻，只會在心中留下淡淡的惆悵。

我心裡瀰漫著一層厚厚的惆悵。我們每一天都在經歷選擇，而我們永遠不知道，選擇的那一條路究竟會往哪個方向去。

我以爲這幾年來，我想要的就是他的對不起，但當他向我道歉了，我才發現，我要的不是他的道歉，就算道歉也沒辦法彌補我失去的那些時光，我要的只是一個出口，一個放過自己的出口。

我也以爲，當我再度看到他，應該會先狠狠呼他一巴掌，痛罵他，問他爲什麼要毀了我的生活、我的人生。但看著他的臉，我竟連抬起手的力氣都沒有。

我想我得到答案了，眞正對不起我的人不是他，而是我自己。

是我固執地把自己放在那個傷痛裡面，以爲封閉那一切，我就可以若無其事地過日子，但眞正的悲傷是隱藏不住的，它一直住在我的身體裡，和我一起生活，甚至控制了我的思想和行動，但如今這一些都該被釋放了。

我看著他，沒有說任何一句話，因爲說什麼早就都是多餘。經過他身邊，他喊住了我，我停在原地沒有回頭。

「我們還有可能嗎？」他在我身後問著。

我往前走，離開了飯店，這是我的答案。世界上會有無限的可能，然而，當愛已經結束，就任何可能都失去了。

自動門一打開，冷風從我的臉刮過，細雨灑在我身上，望著眼前霧茫茫的光景，我的思緒卻前所未有地清楚。

「欸陳欣怡，妳還好嗎？」顧采誠的聲音在我旁邊響起。

我看著他被細雨沾濕的外套，和髮絲上的雨水，「你一直站在這裡嗎？」

他點點頭，抱怨著，「原本天氣還不錯啊，誰知道突然間就下起雨了。本來想去便利商店買雨傘，可是那位大哥說太遠了。」他指著左前方的泊車大哥，接著說：「本來想進去借，但是你們好像在談事情，所以……」

他還沒說完，我已經抱住他了，眼淚也開始落下。「欸陳欣怡，他欺負妳嗎？要不要我進去揍他？」他緊張地問。

我在他胸前猛搖頭，我哭不是爲了梁紹翔，是爲了顧采誠。因爲這個時候他還願意陪我，在這裡等我。

他拍著我的背，安撫地說：「好吧，妳哭，多哭一點，哭完就好了。」

我也很聽話，站在細雨中，哭了整整十分鐘，然後我們全身都濕透了。我放開他後，他看著我的第一句話是，「欸陳欣怡，妳確定妳哭完了嗎？」

我吸了吸鼻子，點點頭，很確定我的眼淚已經流不出來了，也非常確定，今天過後，我可以用最美麗的姿態，拿出我的立可白，覆蓋掉這些不堪的回憶，將一切結束。

然後，做個灑脫的陳欣怡。

搭上計程車，顧采誠要司機送我們到附近的百貨公司或是賣場。到了目的地，他拉著我下車，我不明白這個時候他爲什麼還有興致逛街。

走到運動休閒用品區，他挑了一套粉紅色的運動服遞給我，「欸陳欣怡，快去換上。」

「我衣服很多。」我說。

「我管妳衣服多不多，我怕妳感冒，快去把濕衣服換下來。」他把我推進更衣室。

我看著粉紅色的運動服，在更衣室裡面大喊，「我可以不要穿粉紅色嗎？」我眞的很怕這個顏色。

「欸陳欣怡，還是妳希望我幫妳換？」顧采誠給我這個答案，有效地讓我閉嘴。快速換好衣服走了出來，他也換上了一套運動服。

老是看他穿西裝，沒想到穿起運動服看起來滿年輕的。他向店員要了提袋，裝好我們的濕衣服，然後拉著我，「欸陳欣怡，我肚子餓了，我們去吃東西。」

我什麼時候開始習慣他這樣拉著我的手了？

吃飯時，他不停往我碗裡放食物，然後不斷抬起頭來看我。「你爲什麼不專心吃飯？」我好奇地問。

他慢慢放下碗筷，深呼吸一口氣，「欸陳欣怡，妳現在還好嗎？」

看著他擔心的表情，我微笑地點了點頭，我不能說現在的我很好，但走出來的第一步，也算是往好的方向走了，我該感激他，還有我自己。

吃完東西後，我們回到台北火車站，買票時，他對售票人員說：「我要兩張到台中的自由座。」

我馬上叫住售票人員，「小姐，不好意思，一張到台中一張到高雄。」

他疑惑地看著我，「去高雄幹麼？」

「我想回家看我爸媽。」我說。

他點了點頭沒有說什麼，拿到票，他又拉著我進高鐵月台。坐上了高鐵，他拿出手機開始打電動，我則是依然面向窗外，但是心情好舒坦。

我轉過頭去看著他，忍不住問：「你怎麼都不好奇我們講了什麼？」

他繼續打電動，「你們講了什麼不重要，重要的是，接下來，妳會不會過得比以前快樂。」

「會。」我很堅定。

他抬起頭看我，微笑地說：「欸陳欣怡，妳還是不要化妝看起來比較順眼。」

於是我再一次拍了他的額頭一下。

到了台中站，他下車前不停叮嚀我，要我到高雄跟他報一下平安，之後我要回台中時也跟他說一聲，他要來接我。「還有，妳回去趕快洗個熱水澡，淋了那麼久的雨很容易感冒的。」

面對他的喋喋不休，我不禁好奇，「你的前女友們都不會覺得你很愛唸，很像個女人嗎？」

他不悅地看著我，「欸陳欣怡，我不隨便唸人的。」

我笑了笑，對他說聲「謝謝」，他卻臉紅地逃下車。我笑著在窗邊向他揮手，眞的很謝謝他，我終於可以坦然地做回陳欣怡。

到高雄時，已經晚上六點多了，天色變得好暗。我走出高鐵站，才剛上計程車，顧采誠的電話就來了，「欸陳欣怡，妳到了嗎？」

「到了，我在計程車上。」我回答。

他的聲音聽起來有點無力，「你還好嗎？」我問。

「我很好啊，只是想睡覺。」他說。

「那你快去睡吧！謝謝你今天陪我。」

他在電話那頭支支吾吾，我實在是忍不住，「你有事就講，幹麼咿咿喔喔的？」

過了一分鐘，他才緩緩說：「欸陳欣怡，妳和妳爸爸媽媽有事就好好講，如果妳爸和妳媽對妳比較凶還是怎樣，妳記得忍一下就過去了，沒有父母不愛自己的小孩，不管妳以前怎樣荒唐，妳都是他們的女兒。」

他是有多害怕我回家會跟爸媽打架，也太好笑了吧！

「我不會和他們吵架的，我回來只是想跟他們說，我很想他們。」我說。很想他們，眞的很想。

到了家門口，我按了門鈴，是爸爸出來幫我開的門。他看到我，一臉詫異，因爲這並不是我會回家的時間。

我看著他，努力揚起笑容，「爸，我回來了。」

聽到我的叫喚，他愣一下，一直看著我。我也一直看著他，我有多久沒有好好看著他了呢？他眼角下垂了，髮色摻著些灰白，比起之前看起來瘦了，也老了。

「是誰啊？來推銷的嗎？」媽媽的聲音從後方傳來。她拿著鍋鏟走到爸爸旁邊，看到我，也是一臉驚訝。我頓時覺得自己好可悲，我和爸媽之間這麼接近，卻感覺好像很遙遠。

「欣怡，妳怎麼回來了？」媽媽問我。

「今天休假。」其實我是想說我想你們。

進了家門，我沒有像以往一樣，一回家就躲在自己的房間，而是坐在客廳，和爸爸一起看著電視新聞，我知道我們都很不自在。

媽媽做好晚餐，我們一起坐在餐桌前，我眞的忘了最後一次和爸媽吃飯是什麼時候，現在三個人一起吃飯，感覺更不自在了。

媽媽突然站起身，走到客廳拿了一張通知單，又走回來遞給我，「要記得去處理妳的定存。」

我接過通知單，看著不再年輕的爸媽，心想：我還可以陪伴他們多久？我已經浪費了八年，我和爸媽還可以相處幾個八年？

於是，我說出了今天去找梁紹翔的事。

原來這三個字不但帶給我傷痛，連我的爸媽也承擔著痛苦，只是他們從來不會在我面前喊痛。

「爸、媽，我眞的很對不起你們，我知道『對不起』三個字眞的不能改變什麼，我很任性，沒有顧慮到你們的感受，我以爲我自己難過就好了，沒想到也讓你們跟我一起難過。」

他們停下筷子，默默聽著我說。

「你們從不要求我什麼，就連我賺的錢要拿回家，你們也都說不需要，要我自己好好留著。我沒有生活的目標，我不相信愛情，我推開了家人，打算就這麼自己一個人走到最後。」我從包包裡拿出我的記事本，翻到顧宋誠看過的那一頁給遞給爸爸。

「爸，我什麼事都安排好了，銀行的現金都要捐給世界展望會，郵局裡的定存捐給流浪動物協會，保險金就捐給偏遠地區的小孩，還辦了器官捐贈卡。說得難聽一點，我跟等死的廢人沒有什麼兩樣。」

媽媽看了我寫的東西，哭到不能自己，爸爸則是十分心痛地望著我。

「我就是這樣在過日子，我以爲這是最好的，可是我錯了，我今天才徹底發現，我根本就是大錯特錯。我爲了梁紹翔，浪費了我人生。我怎麼會爲一個這麼輕易放棄我的男人浪費人生？當他從我生命消失的那天開始，他就不値得我再浪費一分一秒了。」

我走到爸媽身旁，對他們說：「我眞的很對不起，對不起你們，也對不起自己。」

媽媽流著眼淚看我，把我抱入懷裡，輕撫我的頭，爸爸坐在餐桌前哽咽了起來，身體不停抽動，眼淚滴到我的記事本上，字跡緩緩暈開。

這一刻，我才眞正解放了我自己。

「你們願意原諒我嗎？」我看著他們說。

「欣怡啊，爸媽從來沒有怪過妳，我們只要妳過得開心就好了。」媽媽對我說。

我用手拭去媽媽的眼淚，哽咽著，「以前我不知道怎麼開心過日子，可是現在我會了，我希望你們跟我一起過得很開心，好不好？」

媽媽又流下眼淚，用力點點頭。

我走到爸爸身旁，拍著他的背，「爸。」

他抬起頭來，撫著自己的額頭，眼淚不停落下，「沒想到我還可以等到這一天。」

我忍不住抱住爸爸，一直向他說對不起，他也抱著我，告訴我「沒關係」。

沒關係，眞的沒關係，不管受到什麼傷，都要告訴自己沒關係，因爲那一切都會被解決的，只是時間早晚，還有你願不願意而已。沒關係，失去的那八年，沒關係，那個曾經迷失的我自己。

眞的沒關係，因爲都回來了。

隔天，我被媽媽的吼聲吵醒，但她不是在吼我，是吼我爸。

「快一點，你要遲到了！襪子不是幫你放在客廳的椅子上嗎？你不會先吃早餐嗎？昨天就叫你早點去睡，硬是要跟我們聊天，還說什麼你一定起得來，你看看你！」

我躺在床上，笑了。

昨天和爸媽一聊就聊到今天早上四點多，三個人都捨不得睡，最後還是我喊解散才各自回房，結果爸爸還是要遲到了。

我起身下了床，走出房間，到餐桌旁。我笑著，看爸爸因爲緊張反而什麼都弄不好，於是從客廳裡拿了他的襪子遞給他，「爸，你先穿上。」

接著幫他烤了吐司，塗上果醬，遞給他，他給了我一個感激的微笑。我坐在一旁，凝視著他吃早餐的模樣，竟莫名地鼻酸想哭。

我都不知道原來我爸爸這麼可愛。

媽媽從廚房端了一杯熱豆漿出來，看到我坐在旁邊，驚訝地說：「欣怡，妳怎麼起床了？再去多睡一會，女生要睡飽才不會變老。」

「不了，我晚一點要回去工作了。」

爸爸咬了一口吐司，馬上站起來，「什麼？妳等一下就要回去了？意思是我下班回來就看不到妳囉？」

我笑了笑，「爸，沒關係，之後從台中出差回來，我會搬回家住，不住外面了，所以再等我幾天。」

「那爸送妳去坐車？」爸爸話一講完就被媽媽反駁，「送什麼送，你都要遲到了，快去上班啦！女兒我來送就好。」

結果，兩個人爲了爭著要送我去坐車，花了半個小時。爸爸乾脆打電話到公司，早上請假，我們一起吃了頓悠閒的早餐，然後爸媽一起送我到車站。

「欣怡，到台中要記得打電話回來喔！」媽媽勾著我的手說。

我點了點頭。

爸爸也不停叮嚀我，「要小心壞人，現在的壞人都不會在臉上寫自己是壞人，不要被騙了，女孩子家要注意安全。」

「爸，你們那個年代，難道壞人的臉上會寫我是壞人嗎？」我認眞地問。

爸爸一臉尷尬。

我請他們不要擔心，雖然我是他們女兒，但我也不是小孩子了。八年來在社會裡闖蕩，我不敢說我有多會看人，至少還知道怎麼保護自己。眞的很感謝這些人生的累積。

和他們擁抱，道了再見，他們一臉不捨的樣子讓我好想掉淚，是溫暖感動的眼淚。

坐上了高鐵，我用 What's App 傳訊息給顧采誠，他沒有回應。到了台中，我打電話給他，他也沒有接。

我有點生氣地掛掉電話。什麼啊，叫我回來要聯絡他，結果又不接我電話，是在尋我開心嗎？

坐在計程車上，我先打電話回家報了平安，再撥老爸的手機，通知他我已經到台中了。我發現我爸的心思比我媽還要敏感，如果我只向媽媽報平安，他可能會難過得以爲我這個女兒只愛媽媽。

原本打算先回宿舍，最後還是決定到設計館確認進度，順便教訓一下那個不接電話的顧采誠。

可是，沒想到他人並不在設計館，倒是來了幾個他們公司的員工在處理櫃上事務。本來想去問一問，結果又被譚宇勝和劉佳佳抓去開會，會議結束已經是晚上七點多了。

我忍不住問譚宇勝，「顧采誠今天沒有來嗎？」

他好奇地看了我一眼，覺得我的問題很奇妙，然後若有所思地笑起來，帶著一點點玩味的語氣說：「他是廠商負責人，不是我們員工，所以我不清楚他的出缺席狀況喔！」

「有沒有人說你這種笑容愈來愈像吳小碧了？」看了就討厭。

他聳了聳肩說：「在一起久了，會像是正常的，像她這麼可愛很好啊！」

我好想吐，「可以不要在這裡閃我嗎？」

「我以爲妳很習慣了。」

懶得理他，拿了包包決定先下班回家補眠，譚宇勝卻說：「欣怡，一起去吃飯吧！小碧看到妳一定會很開心。」

她看到我眞的很開心，吃個薑母鴨一直故意問我跟顧釆誠的事，然後自己一個人笑得很開心，眞的很像白痴。

「妳是有完沒完啊？」看得我一肚子火，忍不住瞪了譚宇勝，「你都跟她講了什麼？她怎麼自己在那裡幻想得這樣開心？」

「天地良心，我只是說你們相處得不錯，是她自己代入小說情節，不干我的事喔！」譚宇勝很眞誠地說。

如果他不是吳小碧的男朋友，我眞的會相信他，但是近朱者赤，近墨者黑，現在我完全不相信譚宇勝的爲人。

算了，跟他們解釋再多都沒有用。

「陳欣怡，花開堪折直須折，莫待無花空折枝。妳懂嗎？」吳小碧現在是說了成語嗎？

我瞪了她一眼，「不然妳懂喔？」

她開心地笑著，「我懂啊！是七言樂府詩，金縷衣，作者杜秋娘。意思就是叫妳要把握當下，不然妳眞的會嫁不出去。」

「妳好好念書，先把妳自己嫁出去再說啦！」我氣得反駁她。

譚宇勝對我們的戰爭依然很習以爲常，平靜地問我們，「還要不要加湯？」

我和吳小碧異口同聲，「要。」

席間，我的手機響了。以爲是顧采誠打來的，我決定要報仇一下，先不接，直到第二次來電鈴聲響到快轉進語音信箱時，我才緩緩接起來，「喂。」

「欣怡，我是采雅，我陪我爸媽到花蓮玩，剛剛打電話回家，我哥的聲音怪怪的，好像有點不舒服，妳方便過去看他一下嗎？」采雅的聲音有一點緊張。

「好，我馬上過去。」我二話不說地回答。

吳小碧拉著我，「妳要去哪裡？」

我急著說：「顧釆誠生病了，我去看他一下。」

無視吳小碧和譚宇勝的目光，我用最快的速度衝出餐廳，攔了台計程車坐上去。

「小姐，妳要到哪裡？」計程車司機問著。

啊？我要去哪裡？我根本不知道顧釆誠他們家怎麼走，只好又打電話問釆雅他們家的地址。二十分鐘後，我到了顧釆誠家，按了好幾次門鈴都沒有人回答，不會是昏倒在裡面了吧！

他們家是有庭院的獨棟建築，從大門進去，要先走過院子才會到門口。按了這麼久門鈴都沒人回應，再這樣下去眞的不行。我衝到隔壁大樓的警衛室，向警衛先生借了梯子，然後把我的身分證交給警衛先生，向他說明因爲有人生病，我必須要爬進去。爲了證明我不是壞人，也先把證件押在他那裡。

也不管警衛有沒有答應，我把身分證丟在他桌上，抬了梯子就往回衝，用最快的速度爬過鐵門，跑過院子，沒想到大門也是鎖著的。我繞了房屋一圈，才找到一扇沒有上鎖的窗戶爬了進去。

我整個人跌在地板上時，忍不住疑惑，我到底是爲了什麼要這麼拚命？衝到顧采誠房間，發現裡面是暗的，該不會根本沒有人在家吧！關上房門時才聽到翻身的聲音，我再次打開房門，按開電燈，他就躺在床上，整個人和棉被捲在一起。

我走過去看他，摸了一下他的額頭，很燙。

「喂，你還好嗎？你發燒了。你家有沒有退燒藥？」我伸手搖一搖他。

他睜開眼睛，還是迷迷糊糊的，「欸陳欣怡，妳回台中怎麼又沒打電話給我？」

要不是看在他是病人的分上，我一定會狠狠打一下他的額頭，「這不是重點，現在是你發燒了，我帶你去看醫生，你起得來嗎？」

他點了點頭，從床上爬了下來，整個人搖搖晃晃的，我費了好大的力氣才把他扶到客廳，然後打電話叫計程車。可是等了十分鐘，計程車都不來，一直說找不到路。偏偏我又不是台中人，根本不知道怎麼報路。

「小姐，妳也要讓我知道靠近哪裡啊！」計程車司機不耐煩了。

「就跟你講地址了，你不能看一下導航嗎？我就不是這裡人，我怎麼知道靠近哪裡？靠近一棟大樓的旁邊啦！」我整個人冒著熊熊的火焰。

「妳這樣我怎麼去載妳？」計程車司機跟我大聲。

我氣得對他吼，「好，你不用來了。」

我拿了顧采誠的車鑰匙，先把我的包包和他的皮夾丟進後座，再扶他上車，雖然我有駕照，但我從來沒有開過車。

一時之間，忘了油門和剎車分別是哪一個。

「顧采誠，左邊是油門嗎？」他坐在一旁，完全沒有反應。

只好試試看了，沒想到我踩錯，車子直接撞到車庫牆面。還好我們都繫了安全帶，可是我聽到前面大燈破掉的聲音，希望顧采誠醒來的時候不會怪我。

慢慢地把車開出去，途中雖然不小心開到草坪上，但我漸入佳境，先開到大樓那裡，向警衛要回我的身分證，再請他畫一張可以到醫院的簡單地圖。離開前，沒忘記請他去把樓梯收回來。

還好顧采誠家離醫院並不遠，十分鐘左右就到了。我直接開到急診大樓門外，醫生和護士都嚇到了。我趕緊請人家幫我把顧采誠扶進去，我才去停車。但我根本不會停車，不小心又刮到後車燈，還是路人好心幫我停好。

人間處處是溫情。

我衝到急診室，幫顧采誠填了資料。護士小姐替他量體溫，居然燒到三十八．八度。醫生給他打了針，還需要吊點滴。他吊點滴時，我走到外面打電話給采雅，要他們不用擔心。回到病床前，看著他的臉，一定是昨天和我在溫泉飯店前淋雨才感冒了。

內心真的充滿了濃濃的愧疚感。

「欸陳欣怡，妳在這裡幹麼？」我抬起頭，睜開眼睛，顧采誠已經醒了。明明在照顧病人，結果我自己竟然睡著了。

我伸出手摸他的額頭，嗯，已經退燒了。沒有理會他，我跑去找醫生來檢查，醫生說如果感覺沒問題，就可以離開了，藥要照三餐吃，三天後再複診就可以了。

我看著他一臉倦容，「你知道你發燒了嗎？生病怎麼不快點來看醫生？你是什麼時候開始不舒服的？」

「我怎麼會知道？就覺得不舒服啊！」他回著。

「還叫我不要感冒，結果你反而感冒了！」我忍不住發火。

「欸陳欣怡，妳對病人都不能溫柔一點嗎？我又不是故意生病的。」他委屈地說。

看他一臉無辜，我的聲音只好放軟，「你可以回家嗎？還是明天早上再回去？」

「我不想在醫院過夜。」他說。

於是我陪著他先到藥局領藥。打完點滴，他的精神看起來已經好多了，我們走出醫院時，他還心情很好地告訴我他覺得哪個護士長得很漂亮。懶得理他。

「欸陳欣怡，我們怎麼來的啊？」他突然問我。

我語塞了。

「坐計程車嗎？」他繼續問。

我搖了搖頭，從我包包裡拿出他的車鑰匙遞給他。他一臉驚訝地看著我，「我是車神嗎？我真的不記得我剛剛有開車耶。」

「嗯……是我開的。」我緩緩地說。

「欸陳欣怡，妳在跟我開玩笑嗎？」他還是不相信。

我搖了搖頭，接著帶他走到停車位。看到他的車子比破銅爛鐵還要破銅爛鐵，他摸著破掉的大燈，難過地朝它們說：「對不起，是我沒有好好保護你們，是我的錯。」

「你幹麼這樣啦？我本來叫了計程車啊，可是計程車一直不來，我又怕你燒過頭，要開別的車也找不到鑰匙，只找到你這台車的鑰匙，我才開的。」

他看著我，沒有說話，我被他盯得頭都要埋到地上了，我真的不是故意害他車子變成這樣的。

他到我旁邊，拉起我的手，把鑰匙遞給我，「欸陳欣怡，送我回去。」

「你確定？」他是不是真的腦袋燒壞了？

他無奈地說：「反正它都變成這樣了，我也不在乎它多幾道傷口。」

於是，車就交給我，很驚險地開回顧釆誠家。慶幸的是，回程這一路上我都沒有再撞到東西，只在停進車庫時不小心又刮了一道。

「啊，對不起！」我抱歉地看著他。

這次他連眉頭都沒有皺一下，緩緩地下車，什麼都沒有說。

他的車，和我的二手摩托車一樣慘不忍睹。

我先讓他吃下藥，要他好好休息。藥一吃下去，不到十分鐘他就睡著了。我本來想回宿舍，但又想到他自己一個人在家沒人照顧，只好又留下來，在一樓客廳和二樓他的房間來來回回，中間有一度他又開始發燒，我拿醫院開的預備退燒藥讓他吃下去。原先還想睡的我，完全放棄了睡覺這件事。一直到早上六點多，他的情況才比較穩定。

我走到樓下，拿起手機，撥了電話給媽媽，她擔心地問：「欣怡，妳怎麼這麼早打電話來？是不是哪裡不舒服？還是發生什麼事了？」

「媽，沒有啦，我想問妳，如果感冒的話，要吃什麼粥比較營養？」我不太會做飯，偶爾在住的地方自己下廚，做的都是很簡單的料理，對於吃什麼東西有益身體健康，我其實沒什麼概念。

媽媽緊張地問：「妳感冒了嗎？媽去台中看妳好不好？」

「媽，不是我啦，是朋友發燒了，我想煮點粥給他吃。」我趕緊解釋。我懷疑媽已經衝去拿車鑰匙，準備飛車來台中看我了。

媽媽終於鬆一口氣，「是朋友啊！」接著又開始試探地問著，「是什麼朋友啊？男生還女生啊？」

「媽！」我求饒地喊了一聲。

「好啦好啦，生病的人吃清淡一點，你煮雞蛋粥，再加點薑絲就可以了，等他比較有胃口的時候，再煮個魚湯給他喝。可是，欣怡妳會做嗎？還是媽上去幫妳？」

「不用不用！我可以的，媽，謝謝妳。」有點招架不住，我趕緊掛掉電話。

我走到廚房，開始煮起雞蛋粥。中間還撥了兩通電話問媽媽：雞蛋要什麼時候放？薑絲要切多細？最後還是盡全力地把一碗雞蛋粥煮好了，還端上樓去給顧采誠吃。我有八年沒做過這種事了，有一點熟悉，更有一點陌生。

只能說顧采誠上輩子一定燒了好香。

才開門，他也剛好要走出來，差點連我手上的粥都撞飛了。還好他拉住我，不然我跟粥就一起毀了。

「欸陳欣怡，妳煮粥是要給我吃的嗎？。」他指著我手上那碗粥，驚訝地問。

「不然呢，我還端到你房間自己吃給你看嗎？我又不是吃飽太閒。」

他一臉感動地看著我，「謝謝妳昨天晚上照顧我。」

「沒辦法，我把你的車刮成那樣，就當做贖罪吧！」

他原先感動的表情突然消失，「欸陳欣怡，妳可不可以不要講到這件事來煞風景？」

「做人早晚要面對現實的，你快點吃，吃完記得吃藥。我要回去整理一下，晚點還要上班。」我把粥放在他的書桌上，再把藥也放在旁邊，順便倒了一杯水給他。

「你好好休息，我下班再來看你。如果哪裡不舒服再打電話給我，不要拖到病到沒力氣打電話，昨天的過程我真的不想再重來一次。」

他乖乖地點了點頭。

離開他房間前，我提醒他，記得打電話向顧爸爸和顧媽媽報一下平安。

他再次乖乖地點了點頭，接著要跟我下樓。

「你幹麼？」我轉頭問他。

「送妳下去啊。」

「不用！你現在進去把粥吃完。」生病的人不好好養病，在那裡送來送去，有什麼好送的？

他看著我，一臉很委屈的樣子。我繼續說：「向後轉。」

他嘆一口氣，默默向後轉，「往前走。」我說完，看他一步一步慢慢走進房間。

我笑了笑，心情很愉快地走出顧采誠家，然後回宿舍好好梳洗一下，先到新光三越和 SOGO 百貨巡視，就過去設計館。下星期六就要開幕了，很多東西都在準備就位了。

我正忙到焦頭爛額時，媽媽打了電話給我。我一手接起電話，一手還是繼續清點庫存，今天公司又寄了四箱貨來。

「媽，怎麼啦？」

媽媽在電話那頭笑得很開心，「沒有啦，妳吃過中飯了嗎？」

「中飯？」我看了一下滿桌的手錶，上面顯示的時間是下午三點二十一分，我真的不知道這麼晚了。

「妳一定還沒吃。都幾點了？眞的是喔……」媽媽開始唸我，什麼女生如果沒有照三餐吃飯會變醜……大概唸了十幾分鐘，但我一點都不覺得煩，反而很開心。

「媽在說的，妳有沒有在聽？」

「有，我很認眞在聽。」

「妳朋友生病好多了嗎？」媽媽接下來問的這個才是重點吧！明明就是想問這個。

我隨口說說：「他好很多了。」

「是喔！那妳朋友……」媽媽還想繼續說，但我什麼都沒辦法再告訴她，「媽，我還有很多事要忙，晚點再打電話給妳喔！」用最快的速度掛掉電話。

正想喘口氣，譚宇勝和劉佳佳走到我旁邊。譚宇勝開口問我，「對了，欣怡，顧先生還好嗎？」

想也知道他是受吳小碧命令來問的。

昨天應該隨便講個理由搪塞他們才對，說我去流浪動物之家，或是說我要去照顧獨居老人，都比講實話強。

我都還沒回答，劉佳佳就緊張地拉著我問：「欣怡姊，顧大哥沒事吧？我這兩天都沒看到他。」

「他昨天晚上發燒，剛好家人都不在，我陪他去看過醫生了，目前已經退燒啦，應該是沒事了。」劉佳佳的反應這麼大，我實在感到很好奇。

聽完我的話，她馬上露出安心的表情，「那就好。」

如果顧采誠看到他的菜這麼擔心他，心情應該會很好吧！但我忽然間覺得心情很差。

無視他們兩個，我繼續工作，完全忘了自己一整天沒有吃東西，只是想要埋頭工作，一直工作，什麼都不去想地一直工作。沒想到，這一個投入，我再回過神時，已經九點多了。

我整理了一下東西，離開設計館，肚子開始叫起來。我決定買滷味和啤酒回去宿舍，好好享受一下。

可是，在滷味攤時，我卻突然想到顧采誠，不知道他晚上有沒有吃東西？掙扎三秒，我撥電話給他，連續撥了三通他都沒有接，該不會又發燒了吧？一想到昨天他燒成那樣，我連滷味都不想夾了，坐了計程車就往他家衝。

一到他家，大門沒有關，我直接走進去，在屋子門口按門鈴。過了一下，顧采誠帶著笑容來開門，「欸陳欣怡，妳怎麼那麼晚啊？不是說下班要過來嗎？都幾點了？」

看他笑得這麼開心，我頓時很火大，「我打電話你幹麼不接？」早知道他精神這麼好，我才懶得來看他。

他還來不及解釋什麼，就有個聲音在屋子裡響起，「顧大哥，你家冰箱的冰塊盒要怎麼按冰塊才會掉出來？」

我走進玄關，就看到劉佳佳拿著杯子從廚房跑出來。看到我，驚訝地說：「欣怡姊，妳怎麼來了？」

這句話，我才想問她呢！

「看他還有沒有呼吸，看起來呼吸很正常，我先回去了。」我表現得十分冷淡，接著轉頭離開。

顧采誠拉住我，「欸陳欣怡，妳不一起吃點東西嗎？佳佳煮了火鍋。」

我回過頭看他，很想對他大吼：去你的什麼沒有帶過女生回家？是沒有帶女生回家被發現過吧！去你的什麼我是第一個來你家的女性朋友？有一就有二，有二就有三！

「我現在飽到要吐了。」我狠狠地說完，甩開顧采誠的手，用力關上他家大門，不想再看到他的臉，一秒都不想。

經過車庫時，看見他那台冏車，我氣得往那破掉的大燈再踢了一腳。車燈的玻璃變得更碎，灑了一地。

我回到宿舍，氣呼呼地打電話給吳小碧，開頭就先罵了顧釆誠五分鐘。然後吳小碧叫我等一下，就在電話裡聽見她對譚宇勝說：「你自己去吃，好朋友有難，我現在要陪她。」

我感動得無以復加，吳小碧，這輩子我交定妳這個朋友了。

又過了三分鐘，她的聲音才在電話裡響起，我疑惑地問她，「是不是譚宇勝生氣了？」

「他爲什麼要生氣？」

「妳剛才不是去安撫他嗎？」還是去上廁所？

她在電話那頭大笑，「不是啦，我是去拿餅乾和飲料，想好好聽妳講啊！」

剛剛的感動立馬收回，「妳以爲是在看電影嗎？」我很不爽。

「唉唷，我就還沒吃晚飯，妳讓我順便吃一下東西會怎樣？快啦，繼續說，那他跟那個劉佳佳有穿衣服嗎？」我聽到她在嗑瓜子的聲音。

眞的會被她打敗，爲了讓吳小碧更融入劇情，我把全部的事情都告訴了她。包括我和梁紹翔的往事，還有過去的那一切。現在再想到這些，就只是我人生的一段經歷、一段回憶，我不會再疼痛或是傷心了。

沒想到吳小碧在電話那頭哭得很慘，「我現在心情不好，眞的很不想安慰人，妳可以不要哭嗎？」我是打電話來尋求慰藉的，怎麼變成我要安慰她？

「妳好可憐喔，爲什麼不早一點跟我說？如果知道妳曾經被男人傷害，我才不會唸妳去夜店和喝酒玩太兇，我會鼓勵妳盡量去，把那些男人玩回來，多喝一點把那些男人喝倒。如果譚宇勝什麼都沒有說就消失，我就算做鬼也不會放過他的。」她邊哭邊說，當然還是沒有忘了塞食物到嘴巴裡。

「妳再邊吃邊哭邊說話，有一天一定會噎死。」我好心提醒她。

「那妳和妳爸媽都和好了嗎？他們一定很難過吧！雖然我爸和我媽很愛唸，但要是他們一天沒唸我，我也會覺得很不對勁，家人還是最重要的啦！如果譚宇勝眞的不娶我，我也只能回家讓我爸和我哥養。我還是對他們好一點，免得我有一天被拋棄，沒人收留我。」她講完還咳了兩聲，貪心鬼，一定是塞太多吃的到嘴裡了。

「就那樣啊，比之前好了。妳要不要先喝一口水？」我說。

「好，等我一下。」接著就聽到她猛灌飲料的聲音。我眞的很想對譚宇勝說：兄弟你眞的很偉大。跟吳小碧談戀愛，比生她的爸媽還要偉大。

她接著說：「那妳和那個顧Ｘ誠，現在是在交往嗎？」

「沒有。」我回答。

「沒有？妳都去他家見過父母了，他還陪妳去台北，這樣還沒有在一起？不然你們都在幹麼？不要跟我說是朋友，沒有朋友會這麼閒的啦！」

「妳不嗑瓜子會死是不是？」真的很討厭那個咔咔咔的聲音。

「陳欣怡，妳不要說妳對那個顧先生沒感覺，看樣子妳愛慘他了，妳不要忘了妳跟我說過花心的男人不能碰，結果妳自己竟然栽進去了。」

「我……」

才想再說些什麼，又被吳小碧打斷，「不要跟我說妳沒有。妳玩過那麼多男人，這是妳第一次來跟我訴苦。以前那些阿貓阿狗，妳有時候連他們叫什麼名字都會忘了，難道這次妳腦海裡的立可白塞住了嗎？最好再騙我說妳對他只是朋友，我吳小碧現在也知道什麼叫戀愛好嗎？」

她不知道在自以為是個什麼勁，我什麼都還沒說，她就全說完了。事情發展到這裡，再說我對顧Ｘ誠沒有感覺，那我就真的是欺騙社會大眾了，「對，妳說得對，我是很有感覺，可惜人家對我沒有感覺，他說過，劉佳佳才是他的菜。」

「菜只是用來種的，譚宇勝也說徐若瑄是他的菜，可是現在跟他在一起的人是我，妳覺得我跟徐若瑄像嗎？」

「妳不要污辱徐若瑄好嗎？」我很認眞地說。

「陳欣怡妳很賤耶，我好心在幫妳解決問題，妳還消遣我，有沒有良心啊？」

我馬上道歉，「好啦，對不起。」

「我跟妳說，喜歡一個人是很幸福的事啦，不管結果是什麼，至少妳肯再喜歡一個人，對我來說就是最值得開心的事。因爲會再相信愛情的人，最後都會擁有幸福，不管帶給妳幸福的那個人是誰。」吳小碧突然正經起來。

我聽著她的話，突然珍惜起這種好久沒有喜歡上一個人的感覺。

她又馬上破壞我的想像，得意地說：「不錯吧，我最近看小說學到的，是不是講得很有道理？」

我馬上恢復陳欣怡模式，「妳有時間就多念點書吧！不要一直嫁不出去又害了你爸和你哥。」

還沒聽到她再罵我賤，我已經拔下手機的電池。

睡覺時，一直想著吳小碧說的話，「會再相信愛情的人，最後都會擁有幸福，不管帶給妳幸福的那個人是誰。」不管那個人是不是顧采誠，至少我走在通往幸福的那條路上。

這個晚上，我很滿足地睡著了。

隔天，我帶著滿滿的幸福感來到設計館，卻又看到顧采誠和劉佳佳在櫃上聊得超開心，幸福感馬上掉滿地。

顧采誠看到我，開心地說：「欸陳欣怡，妳來了喔！」劉佳佳也熱情地向我打招呼，「欣怡姊，早，再過幾天就要開幕了，妳準備得怎麼樣？」

我勉強自己笑，「待會新人會來報到，我會讓他們盡快上手。對了，公司贊助的手錶，我需要現在拿給妳嗎？公司已經寄過來了。還有，活動的內容也都確定了，要麻煩美工幫我們做一下ＰＯＰ展示牌。」

劉佳佳走到我旁邊，「欣怡姊，眞是謝謝妳幫我們拿到這麼好的贊助。」

「是因爲我們老闆也很重視設計館的發展。既然要做了，就希望大家可以配合得更好，業績也會更好。」我把價值十萬元的手錶和廠商工作聯繫單遞給劉佳佳。

她開心地接了過去，打開錶盒和顧采誠分享，「顧大哥，這支就是今年在紅點設計大賽得獎的錶，是不是很酷？」

他們又開心地討論起手錶，我則是繼續自己的工作。劉佳佳離開後，顧采誠走到我旁邊，「欸陳欣怡，妳是不是不舒服啊？」

我不打算理他。

他又在我旁邊晃，「妳幹麼不理我？昨天也不陪我吃消夜，妳心情不好喔？」

剛好新員工來報到了，我無視顧采誠的問題，和她們打了招呼，「小妮，小靜，妳們好，我是欣怡。」

「欣怡姊好。」真的不能怪人家叫我姊，小妮二十二歲，小靜二十三歲。

「先把妳們的包包放好，我們要開個會喔！」我對著青春無敵的她們說，接著轉身走到員工專屬的休息室。

「欸陳欣怡，妳幹麼不理我啊？」顧采誠在我身後不停地問著，但我繼續往前走，還是沒有回答他。

和小妮、小靜開完會，走回櫃位，顧采誠在隔壁櫃一直盯著我看，我走到哪裡，他的眼神就跟到哪裡。我假裝沒有發現，但連小妮和小靜都發現了，我就很難假裝了。

「欣怡姊，隔壁那個先生是不是要找妳啊？他一直看妳耶。」小妮問我。

我拿著班表給她們兩個塡寫，「不要理他，先來塡好下個月的班表。」

她們很認眞地聽我交代櫃內的事，一般手錶的專業知識，她們已經都在總公司學過了，現在要學的都是櫃務，以及接待客人的臨場反應。她們要在這三天裡，把所有物品的位置記清楚，報表塡寫盡快上手，不然會無法應付開幕當天一湧而進的人潮。

一整天的職前訓練結束，我講到喉嚨都快沒聲音了。讓她們兩個先下班，我也整理了自己的東西準備離開。顧采誠不知道又從哪裡冒出來，站在我後面說：「欸陳欣怡，我們去吃飯。」

我沒有理他，他跟著我進了電梯，「欸陳欣怡，妳到底是怎麼了？幹麼都不理我？」

電梯到了一樓，我本來想問爲什麼劉佳佳會出現在他家，但他的手機剛好響了，他接起來，「喂，佳佳嗎？怎麼了？」

聽到這個名字，我迅速把問題吞回肚子裡。這還有什麼好麼好問的，應該說，我有什麼資格問他這件事？我眞的把自己當成他女朋友了嗎？

電梯門一打開，我頭也不回地往前走。

我是喜歡他，但梁紹翔教會我，愛一個人時，要更愛自己。那時候，我就是不夠愛自己，才會糊里糊塗地過了八年。我不再年輕，我不想再磋跎另一個八年，現在的我，只想爲自己而活。

接下來幾天，我沒有跟顧采誠講到半句話，我們各忙各的，畢竟開幕的時間愈來愈近，什麼都要準備好才行。偶爾眼神交會，我還是假裝沒有看到，迴避他的眼神。

開幕前一天，老闆上台中來看看櫃位準備得如何。還好沒有讓他失望，他開心地一直向我道謝。

「欣怡，謝謝妳改過工作動線，現在這樣很順暢，拿貨結帳一氣呵成，還不會擋到要進來參觀的客人。」老闆邊說還邊模擬客人進來的路線。

「不要一直謝了，反正你滿意就好。」我說。

「非常滿意。」他看著我直點頭，接著轉過頭來，「對了，欣怡，昨天惠如打了電話給我，她下星期就能回來上班了。所以星期日會先過來跟妳做交接，沒問題的話，妳就可以回高雄了。」

啊，我要回高雄了嗎？忍不住抬起頭看著隔壁櫃位，顧采誠和劉佳佳又在那裡聊得很開心。

本來因爲要離開台中的那股惆悵心情馬上不見，「好，我眞的很想趕快回去，謝謝老闆。」

「欣怡啊，妳回去就先休息幾天，不用急著上班，這一個月眞的是辛苦妳了，妳準備好要開始工作再告訴我。」老闆很貼心。會在這間公司這麼久，眞的是因爲老闆很懂得爲員工設想。

我感激地點點頭，我的確需要一些時間休息和搬家。和高雄房東聯絡過，她告訴我，房子目前還是繼續留著，如果我以後想租，隨時告訴她，反正她也不靠收租過生活。前面兩句聽了是很感動，怎麼最後一句就有一點刺耳，眞心羨慕不缺錢的人。

和老闆巡視櫃點之後，我們一起到樓下的美食街吃飯。老闆和我聊了公司接下來的計畫，我聽得頭皮發麻。

爲什麼要跟我說這些？

「喔，很好啊！」我敷衍地說著。

「欣怡，其實我個人很希望妳可以直接進總公司工作。我知道妳沒有什麼企圖心，不過，在行銷和業務方面，我一直覺得妳很有天分，我希望妳可以接下業務經理的工作。」老闆邊吃雞腿邊說著，好像是在講昨天睡得很飽一樣輕鬆。

我正打算拒絕，老闆馬上說：「欣怡，妳先不要急著回答我，反正接下來的時間妳好好休息，想清楚了再跟我說。」

我點了點頭。

後來老闆接了一通電話，接著跟我說：「欣怡，我還有事要忙，妳慢慢吃，有事再和我聯絡，我們明天見。」

「好。」

跟老闆道了再見，我邊吃麵，邊想著到底要不要進總公司。唯一讓我心動的，大概就是可以恢復到朝九晚五週休二日的工作時間吧！站了這麼多年的專櫃，雖然我從來不會想過節，什麼農曆年、中秋節、情人節的，我從不休假，不是因爲我愛工作，純粹因爲我不想過節。

可是現在不一樣了，如果工作時間正常一點，也許假日還能陪爸媽出去走走，中秋節也能陪他們一起烤肉，過年更能在家裡好好團圓。只是情人節的時候他們會多我一個電燈泡，但我想他們應該不會介意。

光想到這個，我就很想答應進總公司，但是，業務經理這個頭銜眞的太大。

我忍不住嘆了一口氣，兩難啊！

「欽陳欣怡，妳吃飯不好好吃，幹麼嘆氣？」顧采誠的聲音在我身後響起，我很想假裝沒有聽到，但他已經坐到我面前。

我繼續吃麵，沒有理他。

「欽陳欣怡，妳可不可以跟我說妳最近怎麼了？我打電話妳不接，說話妳也不理我，我是不是做什麼事惹妳生氣？妳可以告訴我啊。」他一臉無辜，好像我欺負他了。

「沒有啊！」我冷冷地回應。

他馬上反駁，「明明就有！」

沉默幾秒，我還是把我介意的事說了出來，「爲什麼那天劉佳佳會在你家？」

「哪一天？」他的神情看起來很疑惑。

什麼哪一天？意思是有很多天囉？我生氣地瞪他，很想把我這碗麵倒在他身上。

他看到我憤怒的表情，馬上回答，「喔，那天是她打電話給我，說要來看我，我就告訴她不用了啊，可是她說擔心我，一定要看看我有沒有怎樣。她來了，我們就在客廳聊天，她忽然提議煮火鍋，我就想，妳下班一定也還沒有吃，我還請她多煮一點，誰知道妳就這樣跑掉了。欽陳欣怡，妳到底在生什麼氣？」

「我沒有生氣。」我嘴硬。

「妳說的喔！那晚上下班陪我去吃飯？」他看著我，一臉眞誠。

我才要說好，劉佳佳的聲音又在我旁邊響起。爲什麼我跟她會這麼有緣？

「顧大哥、欣怡姊，你們也在這裡吃飯啊？晚上我們同事要去聚餐唱歌，要不要一起去？」她熱心地約我們。

我沒有反應，她繼續說：「一起去嘛，人多熱鬧。」

顧采誠笑著說：「好啊，我跟陳欣怡一起去。」

劉佳佳很開心，「好，那我就多訂兩個人的位置，晚上見囉！」接著就歡天喜地地離開了。

但我一肚子火。

「欸陳欣怡，我想再聽妳唱一次〈紅豆〉。」他笑得心花怒放。

我很生氣，「我沒有唱過〈紅豆〉，那是張惠妹的〈我要快樂〉。還有，要唱你自己去唱，我不想去。」

他可能也被我的態度惹得有點毛，「欸陳欣怡，妳怎麼愈來愈難相處了？」

聽到這句話，我整個人大爆炸，「對，我難相處，我有叫你跟我相處嗎？你少來理我不就好了嗎？去找你的劉佳佳，她最好相處了。」

他一臉無奈地看著我，嘆了口氣，接著說：「好吧！」然後就離開了。

他一轉身走出美食街，我的眼淚也流了下來。我從來沒有這麼討厭過自己，就連當年發生梁紹翔那件事，都沒有讓我這麼憎恨自己過，我為什麼要這樣傷害我自己？什麼都吃不下了，我回到設計館，顧采誠也不在那裡了。

「欣怡姊，妳還好嗎？臉色看起來有點差。」小妮關心地問著我。

我點了點頭。

「欣怡姊，妳早點回去休息吧！明天開幕還有得忙，反正現在都準備得差不多了，我和小妮再把櫃位清潔一下就可以了。」小靜也要我早點回去休息。

我帶著很沉重的心情離開設計館，回到宿舍。好幾次想打電話給顧采誠向他道歉，向他承認是我態度太不好了，可是又不敢撥號，就這樣躺在床上，拿起手機放下手機，要撥電話時又按了取消，以為在做有氧運動一樣，一個動作不停反覆，最後還是什麼都沒有做，就這樣默默睡著了。

為什麼我們都要把自己逼到一個進退兩難的困境，然後再在那個自己製造出來的困境裡唉聲嘆氣？人的劣根性為什麼如此頑強？我為什麼要這樣對自己，這樣對別人？

早晨起來，看著日曆才意識到，距離我回高雄只剩下三天。三天之後，我和顧采誠還會有交集嗎？

想到這裡，就連刷牙的力氣都沒有了。

今天是設計館開幕，雖然百貨公司的營業時間都是十點半開始，但爲了謹慎起見，我九點多就來到設計館，看看哪裡還有沒有需要再更動的。

沒想到，大家居然都比我更早到。小妮、小靜邊看著公司的產品簡介邊吃早餐，整層設計館熱鬧得不得了。一個月的準備和努力，眞正的考驗今天才開始。

小妮開心地跟我打招呼，「欣怡姊早，吃早餐了嗎？」

「吃了。」我笑著回答，但事實上是沒有吃。

看著隔壁專櫃的工作人員也準備好了，卻沒有看到顧采誠。難道他今天不來嗎？這個新品牌由他一手包辦，雖然我老是笑他只會拿一台 ipad 在那裡滑來滑去，可是也必須承認，他玩歸玩，所有的工作都打理得很妥當。

創立一個品牌就像養一個小孩一樣，他那麼想當爸爸的人，不來看看自己的孩子嗎？

突然，有一個打扮很中性的女生朝我走過來。我不能說她漂亮，因爲她整個人讓我很想用「帥」形容她，而且比顧采誠帥。

「妳是陳小姐吧！」她帶著帥氣的笑容和我打招呼。

「是，妳好。」但我眞的不知道她是誰。

「妳好，今天終於看到妳本人了，我是顧先生的助理，我叫Joe，很開心認識妳。」她自我介紹，然後伸出手來，示意要和我握手。

終於看到我本人？難道平常顧釆誠都在她面前說我壞話？

我握上了她的手，微笑地對她說：「妳好，叫我欣怡就可以了，希望顧釆誠不是在妳面前講我壞話。」

她仍舊笑得很帥氣，「顧先生不說別人壞話的，我只是看到他的車，很好奇地問了一下，才知道……」

才知道我有多恐怖？我不想聽到接下來的話，只好趕快轉移話題，「顧釆誠今天不來嗎？」爲什麼換助理來了？

「顧先生早上回公司開會，可能要下午才會到，所以我先過來幫他巡視一下。」她回答著。

我點了點頭，接下來就繼續去忙了，即將開店前的半個小時，譚宇勝和劉佳佳東奔西跑，就是希望一切能有個完美的開始。但劉佳佳幾乎都待在顧釆誠他們公司的櫃位上幫忙。

肯定是因爲劉佳佳喜歡顧采誠吧！

但我沒有時間多想，因爲百貨公司一開門，設計館隨即湧進了大量的人潮，每個櫃位都擠滿了人。戰爭開始，沒有休息的時刻，能夠抽個空去上洗手間，都要謝天謝地了。

我發現人手不足，只好打電話給老闆，他也馬上過來幫忙。但是當設計者和消費者的觀念不同時，就會爆出火花。有一個客人質疑手錶的功能設計，老闆的臉色頓時變得很難看。在他趕客人之前，我馬上叫小妮把他帶走，客人讓我來接待。

還好，站了幾年專櫃也不是白站的，這個客人很捧場地買了一組對錶，還訂了另一支手錶要送給媽媽。

結完帳，老闆走到我旁邊說：「欣怡，我允許妳打客人，講話太過分、態度太不佳的妳盡管出手，我幫妳請律師。」

「爲什麼我一點都不覺得感動？」幫我請律師聽起來好像很夠義氣，仔細一想，怎麼會叫我一個弱女子去跟人家打架？搞不好我還要去坐牢呢。

老闆笑得很假仙，「我只是想表達我很挺妳的意思。」

我笑了笑，一抬起頭就看到顧釆誠從我櫃位前面走過去。我看著他，他一看到我卻隨即別過臉去，這個舉動讓我很受傷。

我低著頭，努力讓自己的情緒不要受到影響。還有一整天的時間要奮鬥，我可不能現在就失去鬥志。

不理會顧釆誠對我的無視，我打起精神努力工作，一直到晚上打烊，我們都沒有說到半句話，而他也沒有看過我一眼。面對這麼冷淡的他，我真的很不習慣。但我又能說什麼？是我要脾氣在先，是我叫他不要理我的。

只能看著他和助理還有劉佳佳相處得愉快又融洽，心很酸，但我又能說什麼？

打烊後，我準備把今天的業績傳眞到公司，因爲有三張報表，需要花一點時間。在等待傳眞時，我又忍不住望向顧釆誠的方向。該死，爲什麼我覺得他今天特別帥？

「陳欣怡，聽說今天做了二十萬，也太強了吧！」吳小碧的聲音突然在我耳邊響起。

被她嚇得我差點尖叫，我氣得猛捏她的臉。

她痛得拍掉我的手，「妳是做什麼虧心事，嚇成這樣，還捏我！」

「妳不知道人嚇人是會嚇死人的嗎？」我生氣地看著她。

她不服氣地說：「我哪有嚇妳，是妳自己不知道看什麼看到失神，還怪我！妳在看什麼？」她往我剛剛看的方向望過去，接著用很八卦的眼神瞄了我一眼，「啊……在看他啊！」

我懶得理她，人眞的不要在別人談戀愛時表現過多關心，這些關心淪到自己身上時，就會發現這是一種壓力，就是人家說的「自作孽不可活」。當初我就不應該管吳小碧和譚宇勝的事，現在淪到我被過度關心了！

她走到我面前，不懷好意地說：「我好像感受到一股不尋常的氣氛！」

「那妳要去拜拜，可能遇上髒東西或是卡到陰之類的。平常多做點好事，可以消災解厄。」我很有誠意地說。

「陳欣怡，妳很賤耶，妳是不是和顧先生吵架了？看妳一臉便秘的樣子，一定是發什麼不愉快的事了。」她很愛亂講，但都講對了。

「沒有。」我說，然後繼續幫小妮和小靜進行打烊工作。

「明明就有。不要騙我，妳以爲我們認識兩天喔！發生什麼事啦？快點跟我說啊，我可以給妳意見。」她一直在我旁邊煩我。

我快被她搞瘋，「吳小碧，妳就盡量煩我，反正我下星期就回高雄了，妳以後和譚宇勝吵架都不要來高雄找我，我絕對不會理妳。」

「什麼？這麼快？不要回去啦！」吳小碧突然大吼，四周的人都看了過來，包括顧采誠。

譚宇勝走到我們旁邊，安撫著他的大嗓門女友，「怎麼啦？發生什麼事了？」

「陳欣怡下星期就回高雄了，她不是才剛上來沒多久嗎？怎麼那麼快又要回去了？」她對譚宇勝哭訴。不知道是我太了解她的本性還是怎樣，看到她撒嬌的小女人模樣，我眞的很想吐。

譚宇勝也驚訝地說：「這麼快啊？」

「我本來就只是來支援的，又不是來這裡工作，早晚都是要回去的啊。」不知道這兩個人是在大驚小怪個什麼勁。

「那……」譚宇勝說了一個字之後，就抬頭看著隔壁櫃的顧采誠。爲什麼要看他？眞的就是八卦吳小碧上身。

我轉過身，從底下的櫃子拿出包包，打算下班回家。沒想到譚宇勝和吳小碧竟然在約大家一起去吃消夜，慶祝今天的開幕業績大發。

本來不想去，但是被吳小碧抓著走，我沒有拒絕的餘地，所以一群十幾人個浩浩蕩蕩地去吃羊肉爐。我和顧采誠被安排坐在一起，這頓消夜吃得我胃痛。

顧采誠的助理 Joe 突然夾了一塊羊肉給我，「陳小姐，多吃一點，看妳都沒有什麼吃。」

劉佳佳故意說：「都沒有人幫我夾菜。」

Joe 笑了笑，也幫劉佳佳夾了一塊肉。

譚宇勝接著也開口了，「對了，欣怡下星期就要回高雄了，今天也順便當做歡送會，辛苦囉！」

他一講完，我就感受到左手邊有一股眼神一直看著我。我假裝沒有發覺，繼續埋頭吃東西。

吳小碧在一旁瞎起鬨，「陳欣怡，妳不感謝一下我們大家對妳的照顧嗎？大家好歹也同事一個月啊。」

我不著痕跡地瞪了她一眼，然後舉起酒杯敬大家，「謝謝大家，有空來高雄時，記得來找我玩。」

劉佳佳開心地說：「欣怡姊，如果我去的話，妳會招待我嗎？」

我點了點頭，「當然會。」但如果妳跟顧釆誠一起來，我就沒辦法招待了，只好讓妳自生自滅。

接著大家開始喝酒，喝的酒比吃的東西還多。我沒看過顧釆誠喝酒，可是今天他一杯接著一杯喝。他聽到我要回高雄，有必要這麼開心嗎？

沒有理會其他人，我吃我的東西，沒想到這樣喝下來，大家都醉了，只剩下我跟譚宇勝清醒著，每個人都茫到一加一會等於三了。

幾個同事說要坐計程車先走，小妮和小靜也離開了，剩下我、顧釆誠、譚宇勝、吳小碧、劉佳佳還有 Joe。

譚宇勝買完單之後，一臉不知所措，「那他們怎麼辦？」

「叫計程車啊！」我說。

「不行啦，完全都沒意識怎麼坐計程車？這樣好了，欣怡反正妳知道顧先生家，就麻煩妳送他回去，佳佳和 Joe 晚上就先住我和小碧那裡，我們還有一個房間，反正都是女生，一起睡應該沒關係。」他提出一個很爛的建議。

「我不要！」我說。

譚宇勝一臉疲憊，「欣怡，妳就當幫幫我。」

好吧！譚宇勝難得求我，我只好先幫他把三個醉倒的女生扶上車，讓他先帶她們回去休息。

「妳自己一個人沒問題嗎？」譚宇勝看著趴在桌上的顧采誠，一臉擔憂。

我點了點頭。

「好吧！妳小心，有事再打電話給我。」

譚宇勝走了之後，我回到位置上坐著，顧采誠睡得很沉，臉上都是醉意。想到他今天無視我，我就忍不住用手捏了他的臉頰，他原本就紅紅的臉現在更紅了。

我雙手托腮，看著他，心裡開始因爲即將回高雄而感到不捨。但我沒讓自己陷在這種情緒裡太久，我起身，請店家幫我叫計程車。我也喝了酒，不好開那台冏車。

上了計程車，他整個人睡歪，倒在我肩膀上，但我捨不得推開他。到了他家，我去按門鈴，顧媽媽出來幫我們開門，看到顧采誠喝成這樣，嚇了好大一跳。

我和顧媽媽一人一邊，扶著他進房間。顧媽媽把他丟在床上，不是輕輕放喔，眞的是用丟的，「這孩子怎麼喝這麼多？」顧媽媽聞到他身上的酒臭味，皺著眉頭說。

我很怕顧采誠被這樣一丟，剛剛吃的都要吐出來了，「晚上大家一起去聚餐，他可能心情好，多喝了幾杯。」我解釋著。

顧媽媽搖了搖頭，「這孩子不喝酒的，心情再怎麼好，也不可能喝成這樣。唯一喝醉過的一次，就是跟初戀女友分手的時候，之後就沒看過他喝醉了。欣怡啊，你們最近是不是吵架了？」

「啊？」我一臉疑惑地看著顧媽媽。

「沒有嗎？這孩子最近都待在家裡很少出門，正常到我覺得他生病了。每天晚上吃完飯就上樓回房間，從來沒見過他這個樣子。」

心情不好？會是因爲我嗎？

「伯母，可能是設計館要開幕，工作比較多，壓力大吧！」

「這就更不可能了，我這輩子沒見過我兒子爲功課和工作煩惱過，他不是那麼認眞的人。」顧媽媽很有信心地說。

既然這樣子，那我也想不出原因了，畢竟我們好幾天沒有說話了。才想向顧媽媽道再見，她卻先開口了。

「欣怡啊，采誠就麻煩妳照顧了。我好累，先去休息囉！」說完就轉身離開，也沒有管我是不是答應。

看著顧媽媽的背影，我只能在心裡嘆氣。算了，反正以後也沒什麼機會了。

我走到床邊，把他的西裝外套脫下來，再把他腳上的襪子也拔下來。他突然起身衝進廁所吐了起來。我站在廁所外面，聽著他的嘔吐聲，也跟著反胃，只好再多呑幾口口水。

他吐完之後，我走進廁所，看見他躺在浴室的地板上睡著了。我把馬桶裡的穢物沖掉，再把他從廁所扶出來。正要把他放到床上，他又吐了一大口。這一次，他的衣服和我的衣服都是嘔吐物。

我超想大叫，我陳欣怡這輩子都沒有讓別人清過我的嘔吐物，我爲什麼現在要做這種事？我又沒有對不起別人。

先把顧采誠拖到一旁乾淨的地板上，從他的衣櫥拿出乾淨的衣服幫他換上。從來不知道照顧喝醉酒的人這麼辛苦，還好平常搬貨也算有在練體力，不然我早就虛脫了。

好不容易換下他身上的衣服，我先到廁所，找來乾淨的毛巾幫他擦臉。好吧，我必須承認，在幫他擦臉時，我也很下流地想對他做點什麼。但就只是想親他一下，沒有別的。

但我沒有這麼做，把他扶到床上，幫他蓋好被子，我先到廚房倒了一杯水，拿回房間放在床頭，喝醉的人早上起床時會特別口渴。

接著，我開始整理地毯上他吐出來的東西，邊清邊詛咒他，再從他衣櫃裡拿了一件他的大T恤。看著手上的衣服，我苦笑了一下，現在到底是什麼荒唐的情形？希望他不會介意別人亂拿他的東西。

沒辦法，我得把我身上這套沾到嘔吐物的衣服洗乾淨，不然計程車司機肯定不會想載我的。

梳洗好之後，趕快把髒衣服洗了。在浴室裡找不到吹風機，又不好意思再亂翻他的東西，只好把衣服掛在窗戶旁，祈禱多吹點風，將衣服吹乾，我才能趕快回家。

等衣服乾的同時，我在他房間亂晃，欣賞他櫃子裡的跑車模型。結果拿出來時不小心撞到玻璃，法拉利跑車模型的車門被我弄掉了。

我趕緊當做什麼事都沒有發生，把掉在地上的模型車門撿起來，然後和模型一起放回櫃子。回頭看見顧釆誠還在熟睡，我才眞的鬆了一口氣。

走到床邊，我側躺在他的身邊，看著他睡覺的臉龐，聽著他沉穩的呼吸，覺得好久沒有這麼幸福過了。

眞的喜歡一個人就是這樣，什麼都喜歡，他左眼從外側數進來的第二根睫毛、他垂落在額頭的髮絲、他緊抿著的嘴唇，我怎麼看都捨不得移開眼睛。

看到我的眼睛都快掉下來時，我竟然睡著了。

不知道過了多久，我感覺有人在摸我的臉。迷迷糊糊睜開眼睛，看到顧采誠正看著我，右手摸著我的臉。我和他互相凝視著，希望這一刻就這樣停留。

他開口，聲音有點沙啞，「欸陳欣怡，我在做夢嗎？」

我看著他的臉，對他說：「對，你在做夢。」靠上前去吻了他。

這一場夢，當然不是只有吻而已，我還對他做了更下流的事。梁紹翔的事讓我學到，結果永遠都不是最重要的，在我離開這裡之前，我貪心地想要留下更多更多可以回憶的東西。

就讓我們都當做這是一場夢吧！

夢醒了，我緩緩睜開眼睛，看到身旁是空的，內心暗暗覺得不妙，原本是打算在顧采誠醒來之前離開，讓他眞的以爲是一場夢，沒想到他居然比我還要早起床，這下是要怎麼假裝這是夢？

跟他說我夢遊嗎？

我躺在床上，想著等一下看到他要說些什麼，「哈囉，你昨天晚上表現得很不錯？」這樣是不是太放蕩了點？還是我要坐在床邊，假裝抽菸，一副無所謂地說：「你放心，我會負責？」

我搖搖頭，這兩種都不好，還是跟他說聲早安，coffee, tea or me? 忍不住打了自己一巴掌，陳欣怡妳怎麼那麼下流？

還在苦惱怎麼面對他時，他的手機突然響了。我聽到浴室的門打開，馬上閉起眼睛開始假睡。

他很小聲接起電話，大概是怕吵醒我，「佳佳嗎？怎麼了？」

聽到他喊的人名，我整個人好像被推到谷底。突然覺得躺在他床上赤裸著的我，正被人血淋淋地劃了好幾刀。

我都忘了劉佳佳才是他的菜，床上這個算什麼？

「妳先別哭，好，我過去，妳等我一下。」他小聲地說。接著掛掉電話，小心地換上衣服，最後我聽到他輕輕關上房門。

我拉起棉被蓋住臉，開始痛哭。爲什麼這個回憶還要給我這深深的一擊？我哭了好久好久，勉強讓自己站起身，走到浴室，換上昨天洗好的衣服，然後走下樓。

顧媽媽正在客廳裡聽著古典音樂插著花，見我下樓，很開心地和我打招呼，「欣怡，妳起床啦？怎麼不多睡一點？時間還早。」

我知道現在的笑對我很難，我還是努力讓自己保持笑容，「不了，伯母，我要回去準備上班了。」

「這怎麼行，妳都還沒有吃早餐，顧媽媽幫妳做一份早餐好不好？」顧媽媽放下花，走到我旁邊拉著我的手。

「不用麻煩了，我出去再隨便吃就好。」

顧媽媽放開我的手，走進廚房，「起床的半個小時內，一定要吃點東西，顧媽媽幫妳微波豆漿，聽采誠說妳不喝牛奶，跟顧媽媽一樣，我只要喝了牛奶就會不舒服。」

過了一會兒，顧媽媽把溫熱的豆漿放進我手裡，我感動得想掉淚，「謝謝伯母。」不能再享受顧媽媽對我的關心，也不能再放縱自己的情緒了。我用最快的速度喝完豆漿，「伯母，那我先走了喔！」

「欣怡，妳不等采誠嗎？他說他出去一下馬上就回來了。」

我搖了搖頭，「不了，我先走了。」

我不想面對他。

回到宿舍，我馬上撥電話給老闆，跟他說我想在今天就把所有的事交接完成，然後回高雄。多待在台中一秒，都讓我感到呼吸困難。

「好啊，我看小妮小靜她們兩個也挺上手的，妳和惠如交接完就回高雄吧！我上次跟妳說的那個提議，妳再好好想想看。」感謝老闆的體諒。

「謝謝老闆。」我說。

「欣怡，妳是不是哪裡不舒服？」

「沒有啊。」

「妳突然這麼輕聲細語地向我道謝，嚇到我了。」老闆以開玩笑的語氣說。

可是我現在一點都不想笑，「那要記得去收驚。」

結束和老闆的通話後，我打了一通電話給惠如，向她說明要交接的事。原本她和我約在設計館，但我拒絕了，改約在 SOGO 百貨，反正她也要先過去那裡巡一下櫃點。

接著，我用最快的速度打理好自己，把東西都收進行李箱，再整理一下宿舍。我發現自己幾乎是以逃難的心情離開這裡。

到了 SOGO，我和惠如開始處理交接的事項，該追蹤的、該處理的，我都一樣一樣列在明細表上。

「沒想到妳做事還滿細心的。」她看著明細表，不知道是稱讚我還是在挖苦我，但我無所謂。

「妳的腳還OK嗎？」我剛剛看她走路還不是很方便。

她收起明細表，「不就那樣，要等到完全OK的話，我看位置早就被人坐走了，工作就是這樣，每個人都想踩著別人往上爬。」

不想和她討論這種事，「有事妳再和我聯絡，我先走了喔！」我站起身，拉著行李箱想離開。

惠如突然對我說：「妳都不會不甘心嗎？明明在台中做得很好，現在又要回去高雄那個小櫃點，妳都不會生氣嗎？」

有些白目的人就是欠教訓，「我沒有要回去小櫃點啊，老闆沒有跟妳說我要回去接業務經理嗎？啊，我以爲妳知道了。」我還故意假裝一臉驚訝地說。

她的臉色馬上變了，沒辦法，如果我當了業務經理就是她的主管了，也難怪她現在一臉崩潰的表情，我本來還沒那麼想接，但她這一酸，我就只好接了。

沒有等她反應，我拍了拍她的肩膀，「加油啦，惠如，以後台中就麻煩妳了。」然後我拉著我的行李箱走出SOGO，搭了計程車來到高鐵站。

人要懂得為自己留一條後路，尤其是在這險惡的社會，不要自掘墳墓。

想起顧采誠那天陪我去台北的那一切經歷，我站在售票口前發呆，「小姐，妳要不要買票啊？」後面的伯伯等得不耐煩。

我趕緊拿出信用卡，對售票人員說：「高雄一張。」

在月台等車時，我才發現，其實自己很捨不得顧采誠，但捨不得也沒有辦法，愛這種東西，不是你伸手想抓住就可以抓到的。

車子進站時，外套口袋裡的手機開始震動。拿出手機一看，是顧采誠打來的電話，我看著螢幕發呆，不知道要不要接。

「小姐，妳要上車嗎？」月台人員喚醒了我的思緒。我把手機放回口袋，走進車廂，我想，我該回家了。

台中到高雄這段時間，口袋裡的手機不停震動，但我選擇忽略它。

回到家，媽媽看到我又驚又喜，「不是說下星期嗎？怎麼今天就回來了？」

我把行李提進門，「因為都交接完了，老闆叫我休息幾天之後再回去上班。對了，媽，等等我想先去我住的屋子整理一下，先把一些東西搬回來。」

媽媽非常開心，「不急，等妳爸下班再陪妳過去整理也可以。妳先去睡一下，媽去菜市場買菜，晚上我們要好好吃一頓。」

「還是我陪妳去？」我說。

「不用了，妳去照照鏡子，累成什麼樣子了，去出差一定很辛苦吧。聽媽的話，去睡一下，晚飯做好了，媽再叫妳起床。」

我點點頭，把行李提到樓上，還聽見媽媽打電話給爸爸，告訴他說我回家了，興奮得跟什麼一樣。

脫下外套，我把自己丟在床上，用棉被把自己裹了起來。我瞪著天花板，試著讓自己入睡，也許眞的太累了，我這一睡，睡到隔天早上才起來。

我不好意思地走下樓，想到昨天晚上爸媽那麼開心，可是我卻一直睡，心裡很過意不去。

「欣怡，妳起來了啊！有沒有睡飽？」媽媽開心地說。

「媽，不好意思喔！昨天是不是叫不醒我？」

「沒有，是看妳睡得很熟，所以我和妳爸決定讓妳好好睡，睡飽了比較重要。妳爸去上班之前，還交代我中午要煮好一點給妳吃，媽中午煮鮑魚粥好不好？」她遞了一片抹好的草莓吐司給我。

我點了點頭，「只要是妳煮的，什麼我都愛吃。」

媽媽心花怒放地說：「沒問題，對了，上次妳不是幫朋友煮粥？那個朋友最近身體怎麼樣啊？」

我差點沒有被吐司噎死，怎麼話題也能這麼無限蔓延？

「他很好。」我說。

「有空就多帶朋友回家玩，媽很歡迎。」媽媽說完還朝我拋了個媚眼。現在是發生什麼事了？

我拿了吐司，趁媽媽不注意，偷偷溜上樓，眞的不想再聽到有關顧采誠的任何一件事。

在房間裡瞎晃，吃完吐司後，打算好好來整理一下我的房間。我十八歲之前，都是在這個房間裡生活的，雖然我家不是很有錢，好歹我也是家裡的大小姐，爸媽從沒有讓我餓過一餐。

打開書桌的抽屜，泛黃的獎狀和成績單掉了出來，我撿起高中時的成績單，記得老師跟我說：「欣怡，妳成績很好，但要上台大可能還需要更多努力。」爲了梁紹翔，我不只努力再努力，甚至努力到爸媽叫我不要努力了，連發燒了我都還在背英文單字。

放榜那天，我上了台大，老師也覺得不可思議。愛眞的可以成就很多事，想到這裡，我忍不住微笑了起來。

想到自己還沒完成的大學學業，也許我該爲了我自己，不是爲了任何人，好好完成學業。如果可以，再繼續念研究所也不錯。畢竟我和吳小碧不一樣，我並沒有那麼討厭念書，甚至還算是喜歡的。

在決定繼續進修時，我又覺得自己充滿了力量。

晚上吃飯時，我告訴爸媽這個決定，他們很支持我，但他們不希望我再離開高雄。我答應他們會考高雄的學校念夜間班，白天我還想繼續在公司工作。

把生活塡得滿滿的感覺，眞的很好。

在臉上抹了一層厚厚的保濕凝凍準備睡覺，我把震到沒電了的手機打開充電，有三通顧采誠的來電，另外的十幾通是吳小碧打來的。

找得這麼急不知道有什麼事，我回撥了電話給吳小碧，按下擴音功能，我可不想讓我的手機沾到保養品。一接通，就是一頓臭罵，「陳欣怡，妳算什麼朋友，回高雄都不會講一聲的嗎？妳都不會來跟我道別一下嗎？」

「高雄妳是不熟嗎？有什麼好道別的，反正妳只要跟譚宇勝吵架就會來找我啊，我掐指算一下，可能下個月妳就會來了。」他們吵架的頻率，比我的生理期還要規律。

「妳老實說，妳爲什麼這麼急著回高雄？」

「事情處理完了，不回高雄要幹麼？」眞的很無聊耶，老愛問這些有的沒的。

吳小碧突然嘆一口氣，「陳欣怡，明明就有事發生，妳爲什麼都不告訴我？妳知道嗎？顧釆誠一直問譚宇勝妳去哪裡了，然後譚宇勝又來問我。最好這樣是沒事啦！」

「就眞的沒什麼啊。」我還是嘴硬地說。

「妳不會眞的很在意那個劉佳佳吧？」死吳小碧，眞的很愛踩我的傷口。

我沒有回答。

「陳欣怡，我第一次覺得妳眞的是史上第一大白痴。妳不是交過很多男朋友？妳不是看過很多大風大浪？那妳怎麼會笨到沒有發現劉佳佳的男朋友是那個 Joe？」吳小碧在電話那頭吼著。

我整個人呆住了。

「好啦，就算劉佳佳是顧先生的菜，但顧先生有親口跟妳說他喜歡劉佳佳嗎？他看劉佳佳的眼神跟看我一樣普通耶，妳眼睛是長在哪裡啊？都看妳自己想看的東西就好了嗎？」

吳小碧罵得我一句話也說不出來。

「那天劉佳佳和那個 Joe 不是住在我們家嗎？隔天早上，她們兩個在房間吵架，我在門外偷聽，原來劉佳佳在吃醋，她覺得 Joe 喜歡妳，可是 Joe 說沒有，兩個人吵得很兇耶，妳眞的是禍害。」

「吳小碧，妳確定妳沒有耳背或是幻想症嗎？」我覺得她可能是自己做夢夢到的。

「我哪一次八卦會聽錯的？我們去吃消夜時，劉佳佳搶著坐在 Joe 旁邊，而且她都會去勾 Joe 的手，妳都沒有在看嗎？」

「沒有。」我心裡面想的都是顧釆誠在幹麼。

「妳眞的很瞎耶，不要跟我說妳眞的以爲劉佳佳跟顧釆誠有怎樣喔！」

我沒有回答，因爲我是眞的這樣以爲。

吳小碧在電話那頭大吼，聲音大到我覺得房間地板都震動了。「陳欣怡，妳立可白魔女的稱號眞的可以拿去丟一丟了啦，丟人現眼，還以爲妳見識多，誰曉得遇到愛情還是盲目！愚蠢，笨死了，妳自己都不覺得顧先生對妳很特別嗎？妳自己摸著良心說。」

好像是這樣。

我默默向吳小碧坦白了那個晚上我很下流的事。

她在電話那頭拍手叫好，「幹得好！我吳小碧認識妳到現在，妳就這次獻身獻得最好，我覺得顧采誠一定只是去安慰那個劉佳佳啦，畢竟 Joe 是他助理，兩個人吵架，他去當和事佬很正常啊！」

那如果是這樣，我不就眞的成了一個不折不扣的大白痴？

「陳欣怡，我一直以爲妳是一個敢愛敢恨的女人，沒想到還是會栽在愛情上，遇到眞心喜歡的人只敢偷偷愛偷偷恨。妳爲什麼不給你們兩個人一次機會，講清楚嘛！反正再怎麼壞，妳都跟他睡過一次了。」

聽著她的措詞，眞的很難入耳，「吳小碧，妳是交了男朋友之後講話尺度都這麼開嗎？譚宇勝知道妳都這樣嗎？」

「怎麼可能讓他知道，我在他面前還是會維持一下形象的。」雙面人、詐騙集團，我忍不住在心裡罵起來。

「陳欣怡，當妹妹的奉勸妳一句，鑽牛角尖請鑽在對的位置，鑽錯了，就會錯過好男人了。妳也知道，現在好男人是少之又少。」我又聽到她在嗑瓜子的聲音。

「改天再說，我要睡了。」

「現在？才十點多，妳也太早睡了吧，我聊得正開心，再聊一下啊。」

二話不說按掉電話。我眞的很後悔開擴音，她吵死了！不，應該說我眞的很後悔回她電話。

然後，想著吳小碧說過的每一句話，我這個晚上又失眠了，一直到早上都沒睡著。下樓吃早餐時，爸媽都被我的黑眼圈嚇到。

「欣怡啊，妳昨天不是很早睡嗎？怎麼黑眼圈那麼重？」爸爸很疑惑地問。

「沒什麼，沒睡好而已。」我說。

媽媽端了豆漿給我，突然說了一句，「心病還是心藥醫啊。」

我看了媽媽一眼，懷疑昨天她偷聽我跟吳小碧講電話，「媽，妳昨天聽到什麼了嗎？」

媽媽笑著說：「喔，聽到什麼？聽到妳朋友罵妳是世界大白痴嗎？還是聽到妳把人家吃乾抹淨之後就走了？」

我和爸差點被豆漿嗆死。

「女兒啊，該問清楚的還是要問清楚。」

爸爸在一旁，緊張兮兮的，「什麼東西要問清楚？」

「你吃完了就快去公司，男人家問這麼多幹麼？」媽媽唸了爸一下，他只好很委屈地去客廳穿襪子，落寞地走出家門。

「媽，妳對爸好凶。」我忍不住爲爸申冤。

「這是我獨有的溫柔。」她反駁我，接著坐在我旁邊一直看我。

我被她盯得很不好意思，「媽，妳爲什麼一直看我？」

「我看妳要拖到什麼時候啊。妳眞的不去爭取一下自己的幸福嗎？眞的要看著自己喜歡的人從手中溜走嗎？梁紹翔的事都沒讓妳學會要把握幸福嗎？」媽媽一句一句說著。

然後，我好像聽懂了什麼。

我馬上站起身，衝回房間換衣服。等到我準備好下樓時，媽媽已經站在門口拿著鑰匙，對我說：「走，媽送妳去搭車。」

從來不知道我媽這麼酷，也許是我從來沒有花時間好好了解她。

到了高鐵站，下車前媽媽對我說了一句，「欣怡，不管結果怎麼樣，至少不要讓自己後悔。妳還有我，要回高雄時打電話給媽，媽來接妳。」

這句話，讓我眼淚掉了下來，爲什麼過去我這麼愚蠢地推開我的依靠，讓自己渾身是傷，事實上，明明可以不要有傷痕的。

「媽，謝謝妳。」我感動地說。

她替我拭去淚水，「媽才要謝謝妳，謝謝妳又回到了我們身邊，謝謝妳又有勇氣追求自己人生的幸福。」

我擁抱了媽媽，得到了很多力量。

到了台中，我先衝去設計館找顧采誠，但他不在。大家看見我都嚇了一跳。

「欣怡姊，妳怎麼來了？」小靜開心地問。

但我沒有時間回答她，我又馬上衝到電梯前，按了電梯，迎面出來的是 Joe 和佳佳。正如吳小碧所說，佳佳的手正勾著 Joe，一臉很幸福的樣子。

Joe 看到我，驚訝地問：「欣怡，妳怎麼會在這裡？顧先生不知道妳要來嗎？」

我搖了搖頭。

「妳是來找顧先生的嗎？」

我點點頭。

然後 Joe 說了一句讓我很想死的話，「顧先生去高雄找妳了。這兩天他請我查妳家的住址，我早上才把地址給他，高雄市前鎮區……」

「什麼？他去我家了？」我火冒三丈，不知道該生誰的氣。媽叫我先打電話，我堅持想要給他驚喜，給來給去，我自己超驚喜的。

「我提醒過他要去之前先打電話給妳，他沒有嗎？」Joe 愈說我愈崩潰。

佳佳在一旁說：「欣怡姊，妳快打電話給顧大哥，叫他在高雄等妳。」接著對 Joe 說：「我們送欣怡姊去坐車。」

在 Joe 的車上，顧采誠的電話一直打不通，我都要抓狂了。「可惡！都直接轉語音信箱。」

「欣怡，妳先不要急，可能這裡收訊不好，妳等一下再試試看。」Joe 安撫著我。

我點點頭，到了高鐵站，我向她們道謝後就馬上衝下車。買完票，我的手機突然響了，是家裡打來的電話。

媽媽嘆了一口氣，「欣怡啊，妳要去台中找的那個人該不會姓顧吧？」

「媽，他到了嗎？幫我把他關在我房間，我馬上就到。」掛掉電話，坐上車，我心臟跳得都要從嘴巴裡吐出來了。

我像是不要命了一樣，出了高鐵站，攔了計程車就往家裡的方向衝，一路上還一直威脅計程車司機，要他開快一點，真的很對不起車號 5**5-AW 的司機先生。

到了家門口，連司機要找我的零錢都不想拿，我火速下車，衝進家門。爸爸已經下班了，和媽坐在客廳沙發上吃水果看電視。

媽媽看到我，笑著對我指了指樓上，爸爸則是一臉哀怨地看著我。我沒時間理會他的怨念，直接衝到我的房間。

房間的燈沒有打開，只有外面路燈透進來的一點微光。顧采誠躺在我的床上睡覺，我走過去躺在他旁邊，忍不住伸手碰觸他的臉。他真的存在，就在我眼前，我激動得好想哭。

他突然張開眼睛看我，我也正看著他。他聲音沙啞，「欸陳欣怡，這是夢嗎？」

我又吻了他，接著對他說：「你覺得呢？」

他揚起笑容，「欸陳欣怡，妳再親我一下，我才能確定這是不是夢。」

於是我很用力地拍了一下他的額頭，他痛得哇哇叫。

「你覺得是夢嗎？」我很得意。

他痛完之後，一把把我擁入懷中，靠在我身上說：「欸陳欣怡，我妹說我就是過去對女人太花心，所以老天派妳來懲罰我的。」

「采雅中肯。」我認同地說。

「佳佳是 Joe 的女朋友，她對我來說只是像妹妹一樣。」他解釋著。

我很小心眼地說：「是嗎？你不是說劉佳佳是你的菜？」

「妳不是我的菜，但是最合我胃口啊！」他諂媚著。

「你確定嗎？我怕你吃壞肚子喔！」

「欸陳欣怡，我不怕吃壞肚子，我怕的是妳生氣、妳不理我。我怕妳覺得我不好用，所以用完就走。」

我忍不住大笑，「我沒有說過你不好用喔！」

「欸陳欣怡，我跟妳講眞的，有事可以不可以直接跟我說，不要什麼都不講，自己一個人難過。我不喜歡妳這樣。」

我在他懷裡點了點頭。

「欸陳欣怡，爲什麼我媽會這麼喜歡妳？」

「可能因爲我很可愛吧！」我很不要臉地說。

「欸陳欣怡，爲什麼我妹會那麼喜歡妳？」

「可能因爲和我很談得來吧！」應該是這樣吧！

「欸陳欣怡，爲什麼我會那麼喜歡妳？」

「可能因爲我很壞吧！」這是現在的潮流，女人不壞男人怎麼會愛？

「欸陳……」

「你可不可以不要再叫我欸陳欣怡，聽了眞的會火大。」

「沒辦法，欸陳欣怡只有我能叫。」他撒嬌地說：「欸陳欣怡……」

「閉嘴。」我成功地用我的嘴堵住了他的嘴。

愛是什麼？愛不能吃，但愛可以享受，愛或許不能怎麼，但也因爲愛了，才能知道愛是怎麼一回事。

我走出學校門口，看見顧采誠氣呼呼地站在那台破銅爛鐵旁邊。都一年多了，他還是沒去修他的車。即使我保證我現在開車技術變得很好，他還是不去修，他說這都是我們的回憶。

走到他面前，我用手戳戳他生氣的臉，笑著說：「久等囉！」

他馬上得理不饒人，「妳也知道我等很久喔？不是九點就下課了，妳自己看看現在幾點了，十點多了！我在這裡等了妳一個小時，好幾天沒看到我，妳都不會想要快點看到我嗎？」

才想安撫他時，我又接到老闆來電，「欣怡，妳後天可以去一趟台北嗎？有幾個新櫃點，要請妳去研究一下。」

「好，那我下星期一就去。」我爽快地回答。接了業務經理的職務後，我現在簡直就是高鐵的超級VIP，東南西北都要跑，但我很喜歡這種感覺。

掛掉電話，顧采誠無奈地問：「下星期一又要去哪裡？」

我笑著告訴他，「去台北。」

他生氣地上了車，「欸陳欣怡，妳都不能多花一點時間陪我嗎？」

我也上車，握著他的手撒嬌，「我這不是在陪你了嗎？」

「欸陳欣怡，講話要憑良心喔，妳這是陪我嗎？本來說好今天晚上要去台中的，結果妳又說要在家趕報告，明天才要去。是我沒志氣，是我太想妳，所以我自己迫不及待下來看妳，妳還敢說是妳陪我！」

我也學著變成巨型無骨娃娃，在他身上磨蹭，「沒辦法啊，老師臨時說要交報告，我也不願意啊，可是你一定不希望我又帶著功課去陪你，所以我才想今天晚上開夜車，明天再去台中好好陪你啊！」

他的氣消了一半，「不用，這星期我們在妳家過。」

「對了，我同學在約下個月三號要去南投玩耶。」我說。

「下個月？不行！」他的火氣又馬上升了上來。

「爲什麼不行？」

「欸陳欣怡，妳眞的很沒有良心耶，下個月三號是我們在一起五百天的紀念日，妳自己都答應要一起去日本玩的，妳怎麼可以這樣對我？」我眞的覺得他要哭了。

我馬上拉著他的手猛搖，「我沒有忘記啊，我們一起去南投玩嘛，去日本那麼貴，我幫你省錢耶，我們一起去南投好不好？」

他沒有理我，我又繼續搖著他的手，「好不好啦！好不好啦！」

他發動車子，幫我繫上安全帶，踩下油門，很無奈地說：「欸陳欣怡，我上輩子到底是欠了妳什麼？爲什麼我要這麼喜歡妳。」

我聳了聳肩，做著抽菸的姿勢，還是老話一句，「因爲我很壞吧！」

因爲愛是沒有道理的。以爲不可能再愛的我，卻因爲另一個人的愛而被治癒。愛到底是什麼？爲什麼可以令人感到痛苦得快要死去，卻又在另一個瞬間快樂到不行。

也許，我還不能很明確地說出愛是什麼，因爲愛了，才會知道。

【全文完】

［後記］

狠狠傷一次

你有沒有被愛狠狠傷過一次？

我想，被問到這個問題的我們，第一秒時候，應該都會在內心大聲狂吼「當然有」！

當然有，我們都曾經困在一段愛裡動彈不得，在愛的陰影底下窒息無法呼吸。愛有多美好，它就有可能多傷人，我們總是能夠很勇敢地去愛，卻拿不出勇氣接受傷害。

放縱自己被那些過去整得死去活來，開始憎恨世界、仇視自己，用受害者的姿態去合理化一切，甚至傷害自己。這樣到底是爲了什麼？這樣的生活會比較快樂嗎？還是可以讓自己比較好過？

第一次失去愛情時，會覺得自己好像被這個世界遺棄，痛恨狠狠傷害自己的那個人，卻不知道，再多的詛咒並不能喚回愛，只曉得用力地討厭那個人，用力地否定對方、否定這段愛，以爲這樣可以好過一點。

我們總是習慣把自己變成笨蛋（笑）。

笨眞的沒什麼不好，樂觀一點想，因爲這樣，可以變聰明的空間就會越大，眞的沒什麼不好。在每一次的愛情裡，一點一滴地吸收一些智慧，接下來遇到的愛情再殘酷，也沒有辦法傷害你，而會帶著你體會更多不一樣的人生。

以前害怕失去愛，但隨著年紀增長，害怕的不再是失去愛，而是失去自己。如果沒了自己，就會失去愛的能力。

只想告訴你們，請留住一個健康平安的自己，才能在未來遇到更多的愛。

雪倫

國家圖書館出版品預行編目資料

愛，又怎樣？／雪倫著. -- 初版. -- 臺北市；商周，城邦文化出版；家庭傳媒城邦分公司發行, 民101.05
面 ； 公分. --（網路小說；195）

ISBN 978-986-272-160-5（平裝）

857.7 101006886

愛，又怎樣？

作　　者／雪倫
企畫選書人／楊如玉、陳思帆
責任編輯／陳思帆

版　　權／翁靜如
行銷業務／朱書霈、蘇魯屛
總 編 輯／楊如玉
總 經 理／彭之琬
發 行 人／何飛鵬
法律顧問／台英國際商務法律事務所　羅明通律師
出　　版／商周出版
台北市中山區民生東路二段 141 號 9 樓
電話：(02) 2500-7008　傳眞：(02) 2500-7759
blog：http://bwp25007008.pixnet.net/blog
email：bwp.service@cite.com.tw
發　　行／英屬蓋曼群島商家庭傳媒股份有限公司城邦分公司
聯絡地址：台北市中山區民生東路二段 141 號 11 樓
書虫客服服務專線：(02) 25007718・(02) 25007719
24小時傳眞服務：(02) 25001990・(02) 25001991
服務時間：週一至週五09:30-12:00・13:30-17:00
郵撥帳號：19863813　戶名：書虫股份有限公司
讀者服務信箱 email：service@readingclub.com.tw
城邦讀書花園網址：www.cite.com.tw
香港發行所／城邦（香港）出版集團有限公司
地址：香港灣仔駱克道 193 號東超商業中心 1 樓
email：hkcite@biznetvigator.com
電話：(852)25086231　傳眞：(852) 25789337
馬新發行所／城邦（馬新）出版集團　【Cité(M)Sdn. Bhd.】
41, Jalan Radin Anum, Bandar Baru Sri Petaling,
57000 Kuala Lumpur, Malaysia.
email:cite@cite.com.my
Tel: (603) 90578822　Fax:(603) 90576622

版型設計／小題大作
封面設計／黃聖文
電腦排版／浩瀚電腦排版股份有限公司
印　　刷／高典印刷有限公司
總 經 銷／高見文化行銷股份有限公司
電話：(02)2668-9005　傳眞：(02)2668-9790
客服專線：0800-055-365

■ 2012 年（民 101）4月26日初版
■ 2017 年（民 106）6月5日初版5.5刷

Printed in Taiwan

定價／200元

ISBN　978-986-272-160-5

城邦讀書花園
www.cite.com.tw

商周出版

廣告回函
北區郵政管理登記證
台北廣字第000791號
郵資已付，免貼郵票

104台北市民生東路二段 141 號 2 樓

英屬蓋曼群島商家庭傳媒股份有限公司　城邦分公司

請沿虛線對摺，謝謝！

商周出版

書號: BX4195　　書名: 愛，又怎樣？　　編碼:

請於此處用膠水黏貼

商周出版

讀者回函卡

謝謝您購買我們出版的書籍！請費心填寫此回函卡，我們將不定期寄上城邦集團最新的出版訊息。

姓名：______________________ 性別：□男 □女

生日：西元________年________月________日

地址：______________________

聯絡電話：______________ 傳真：______________

E-mail：______________________

學歷：□1.小學 □2.國中 □3.高中 □4.大專 □5.研究所以上

職業：□1.學生 □2.軍公教 □3.服務 □4.金融 □5.製造 □6.資訊

□7.傳播 □8.自由業 □9.農漁牧 □10.家管 □11.退休

□12.其他 ______________________

您從何種方式得知本書消息？

□1.書店 □2.網路 □3.報紙 □4.雜誌 □5.廣播 □6.電視

□7.親友推薦 □8.其他 ______________________

您通常以何種方式購書？

□1.書店 □2.網路 □3.傳真訂購 □4.郵局劃撥 □5.其他________

您喜歡閱讀哪些類別的書籍？

□1.財經商業 □2.自然科學 □3.歷史 □4.法律 □5.文學

□6.休閒旅遊 □7.小說 □8.人物傳記 □9.生活、勵志 □10.其他

對我們的建議：______________________

____

____

____

____

請於此處用膠水黏貼